JN043108

白銀の王と黒き御子

異世界で僕は愛を知る

茶柱一号

white heart

講談社X文庫

目次

イラストレーション／古《こ》藤《とう》嗣《し》己《き》

白銀《はくぎん》の王と黒き御子《みこ》

異世界で僕は愛を知る

序章

ゆっくりと視線を上げれば視界に入ってくるのは半ば朽ちかけた廃屋。

だけどそれは僕の知っている現代日本の廃屋とも違う。かき集めた藁《わら》を敷き詰めても石の床からは地面の冷たさが沁《し》みてくるけれど、踏み抜く心配がなさそうなのはありがたい。

だけど、うっそうと草木の生い茂る森の中にあったこの建物に、僕が知る文明の利器の痕跡《こんせき》は何一つない……何一つだ。

水の出なくなった水道も、壊れた蛍光灯も、壁を探せば一つは見つかりそうなコンセントもその姿はどこにもない。そういえばそれらを見なくなってからどれくらいの月日が経《た》ったのだろうか、それすらも分からなくなっている自分に嫌気がさして、自然と小さなため息が漏れる。

「このようなところで申し訳ありませんが、どうかご辛抱を……」

頭上から降る言葉には張り詰めた響きがあった。

こぼしたため息が今の状況に不満を持っていると勘違いさせてしまったのだろうか、目の前に立つ大柄な男性は申し訳なさそうに顔を歪《ゆが》めている。その様子に僕は慌てて首を振った。

「ああごめんなさい、違うんですよ。こうやって雨風をしのげれば十分ですよね。ため息は……その、ちょっとだけ疲れてしまって。リアンさんのせいではありませんから」

それでも僕の前に立つ男性――リアンさんはその頭を深く下げる。

本来ならば髪の毛以外何もないはずのリアンさんの頭、そこには灰色の毛髪の中からぴんと飛び出るように髪と同じ色の立ち耳が覗《のぞ》いている。そして、彼の背後には同じく灰色の被毛に覆われた獣の尻尾《しっぽ》が真《ま》っ直《す》ぐに垂れていた。

「いえ、本来であれば街の中の宿でゆっくりと休んでいただきたいのです……。このようなあばら屋の藁の上ではお体に障《さわ》ってしまいます。本当に申し訳ありません」

これまで何度同じやりとりを交わしただろうか、再度紡がれる謝罪の言葉を遮るように僕はリアンさんへと言葉をかける。

「宿に泊まることが出来ないのは僕のせいですから。あの、やっぱりリアンさん一人の方が……」

「それはなりませんと申し上げたはずです。ではコウキ様、私は食料を探して参ります。どうかここを動かずに、誰かが来ても言葉は交わさず、そのフードは決してとらないようにお願いいたします」

「それは約束します。ですが、リアンさん……リアンさんも少しは休んでください。僕のためにずっと働き詰めじゃないですか、僕よりリアンさんの方が……」

少し長めの灰色の髪とくすんだ銀青色の瞳《ひとみ》を持つリアンさんは、その耳と尻尾が示す通り狼《おおかみ》の『獣人』と呼ばれる種族だ。『奴隷』という身分であったため正確な年齢は本人にも分からないそうだが、僕が見た限りは三十代後半くらいだろうか。

はっきりと確信が持てないのは、リアンさんの容姿が僕のような東洋人ではなく、彫りの深い西洋人の顔つきだから。『この世界』で見た全《すべ》ての『人間』も『獣人』も皆西洋人に近い顔つきをしていたことを思い出す。

それも関係しているのかリアンさんの体軀《たいく》は僕に比べてがっしりと逞《たくま》しいが、それでも体力に限界はあるはずだ。

何より彼はここまでずっと僕を背負って森の中を歩いてきたのだから。

「リアンさん、本当に僕のことはもういいんです。あなただけならどこでも自由に生きられるはずでしょう？　恩を返してもらう……そんなつもりもありませんでしたが、僕のしたことを恩として感じてくださっていたとしても、それも十分返してもらっていますから……」

もう何度したのか分からない僕の訴えに、リアンさんは立派な体軀をかがめて僕の目とその目線を合わせる。そのどこか寂しそうな銀青色の瞳と寄せられた眉《まゆ》、悲しげに歪んだ顔つきを見たのも何度目だろうか。

　そこにはっきりと見えるのは言葉にされない強い意志。僕の心はそのたびに何かに締め付けられるような苦しさを覚える。

　それでも同じやりとりを繰り返さざるを得なかった。リアンさんにとって今の僕は足手まとい以外の何ものでもない。僕の置かれている状況と立場を考えれば、僕がリアンさんの傍《そば》にいるのが良くないことぐらいは『この世界』についてあまり知らない僕にも分かる。

「どうかそのようなことはおっしゃらないでください。あなたがいなければ私は今ここにこうしていなかった。あなたに救われなければ、私はあのまま朽ち果てるだけの存在でした。コウキ様、私はあなたを、この身と命に代えても生涯かけてお守りすると決めたのです」

「リアンさん……」

「たとえあなたにとってそれがご迷惑であろうとも、必ずお守りいたします」

「迷惑だなんて思っていません！　……でも……」

　先ほどの悲しげな瞳とは違う優しい瞳、そこに強い光を湛《たた》えて断言されてしまえば、僕はそれ以上何も言えなくなってしまう。これも何度も繰り返してきたやりとりの一つ。

「暗くなる前に何か食べられるものを採ってきます。獣は無理でしょうがせめて木の実か果実だけでも」

「ありがとうございます、リアンさん。でも、決して無理はしないでください」

「はい、なるべく早く戻りますので」

律儀に一礼して出ていくリアンさんの広い背中を見送る。僕は自らの役立たずな左脚を無意識のうちに撫《な》でていた。見送ることしか出来ない我が身が、どうしようもなくもどかしい。

視線を落とせばそこにあるのは見慣れた体のパーツ。すっかり筋力も落ち萎《な》えて、枯れ枝のようになってしまった僕の左脚。交通事故の後遺症で不自由になってそこそこ長いけれど、それでも以前はもう少しましだった気がする。

もっともそれは思い出として美化されてしまったもので、今も昔も人から見ればそう変わらないのかもしれないけれど。

せめてこの脚さえ自由に動けば……少しはリアンさんの負担も減らせるのに、と考えて今度は大きなため息が出てしまう。

僕のこの脚が動いたから何だというのだろうか？

僕は今自分がいる場所がどこなのかすら知らない。

僕は『この世界』の通貨を知らない。

僕は『この世界』で人々がどのようにして生きているのか知らない。
『この世界』の広さを知らない。
『この世界』が地球のように星なのかすら知らない。
『この世界』で人々がどんな文明を築いているのか知らない。

ようは僕は何も知らないのだ。『この世界』のことを……。

＊　＊　＊

忘れもしないあの日、僕は親友の葬儀に参列していた。幼なじみであり、目を閉じれば今でもはっきりとその笑顔が思い出せる大切な友人。飲酒運転で歩道に突っ込んできた車からこの脚を犠牲にしてまで守った大切な、とても大切な親友の葬儀の日。

これといって持病もなかった親友は、ある日自宅のソファから立ち上がろうとして倒れ、それきり二度と目を開けなかったという。まだ三十にもなっていないのに運命とはあまりに残酷で、くも膜下出血による突然死だった。

葬儀場で親友が眠る棺《ひつぎ》にしがみついて泣き続ける彼の奥さんと、まだ幼い娘の姿が目に焼き付いて離れない。

次の週の日曜日、久しぶりに共に飲みに行こうという約束が果たされることは永遠になくなってしまった。それはあまりに唐突であっけなく、ほとんど暴力的ですらあった。

「なんでだ……？」

決して小さくはない代償を払い守った大切な生命が、自分の与《あずか》り知らぬ場所で呆気《あっけ》なく散って逝《い》った現実。

あいつのことを自分はもしかして好きだったのか……。そんなことに今更ながら気づく自分も嫌になる。親友が恋人を紹介してくれた時も、結婚した時も、子供が出来た時もそんな気持ちを抱くことはなかったというのに……。どうして、なぜそのタイミングで僕の頭は余計なことを考え始めてしまったのだろうか。

理由や因果すらないその残酷さにすっかり打ちのめされてしまったのは間違いない。自分でもどうやって帰ったのかよく覚えていないが、気づけば自宅で一人喪服のままアルコールに溺《おぼ》れていた。

「なんで……あいつだったんだ……？　あいつがいなくなるくらいなら、僕でよかったのに……。あいつを必要としている奴《やつ》はいくらでもいる、でも僕は……」

幾度目かの問いが宙に消えた時、不意に視界が飴《あめ》細工のようにグニャリと歪んだ。

さすがに飲みすぎたかと立ち上がろうとした時、次いで目の前に突然溢《あふ》れた白い光に視界を灼《や》かれた。

驚愕《きょうがく》しつつもとっさに目を閉じたのと、意識を手放したのは、ほぼ同時だったように思う。

それはどん底にいた僕が、さらなる深みへと落ちていく始まりだった。

一章

　ぼんやりと浮上する感覚、僕は自分の周りの四方八方で口々に響く荒々しい声に神経を揺さぶられてやっと意識を覚醒《かくせい》させる。

「おい！　これは何としたことぞ⁉」

「なぜじゃ⁉　我らが呼びしは『救国の聖女』ぞ！　こやつは男ではないか！」

「なぜこのような者が⁉」

「う……ぅぅ」

　なんだか胸がムカムカするし、身じろげば体の節々がやけに痛む。どうやらひどく硬い寝台か何かに寝かされているようだ。

「おい……目覚めるぞ」

「どうする？」

「どうすると言うても……どうすればいいのじゃ……」

　ゆっくりと瞼《まぶた》を開けた僕は、自分が置かれた状況の異常さに自然と体が震えた。

石造りの見たこともない建造物の中央に設《しつら》えられた、大理石と思《おぼ》しき硬く冷たい台。その意匠は祭壇か何かに見える。僕が寝かされていたのは寝台ではなく、まさに祭壇だったのだ。自宅の居間にいたはずの自分がなぜこのような場所にいるのか、この時点で軽くパニックになりかけた。

だけど何よりも怖かったのは、僕を見下ろす見知らぬ人々だ。彼らは一様に紋様が刺《し》繡《しゅう》された白を基調とする装束を身にまとい、手に杖《つえ》のような物を握っている。それだけでも僕にとっては異様な光景であるというのに、彼らは困惑と焦燥と怒りに顔を歪《ゆが》め口々に何かを呟《つぶや》いている。

その内容が明らかに好意的ではないことに気づき、背筋を伝う嫌な汗を感じた。

「お主は『救国の聖女』ではないのか？」

そんな中、妙に立派な服を着た人が苦々しい口調で僕へと問いかけてくる。

その問いかけになんとか自分を奮い立たせ、必死で頭を落ち着かせて可能な限りの返答をした。言葉を発さねばと懸命に吸い込んだ空気すら知らない匂《にお》いがした。

「……違う……と思います。『救国の聖女』というのがどんな人かも分かりませんし、そもそも僕は男ですよ？　それよりここはどこなんですか？　どうして僕はここに？」

「なぜじゃ！　なぜなのじゃ⁉　この儀式のためにどれほどのものを費やしてきたことか！」

「なぜ聖女が現れぬ！　このような者を招いて何になるというのじゃ！」

僕の質問は無視され、そして僕の存在そのものを否定される。あまり気分の良《い》いものではなかったけど、だからといってこの時の僕にはどうすることも出来なかった。現実とは思えない異常事態に固まっていると、周囲の人々の中の一人がわずかに目を細めて僕を覗《のぞ》きこんだ。

「むむ……？　なれどこの者、希有《けう》な魔力を持っておるぞ？」

「確かに……」

「もはやこの際、これで良しとするしかあるまい」

「いや、それはさすがにまずかろうて。せめて女でなければ」

「服装によってはごまかせぬか？」

「こんな不吉な黒い髪と眼を持った聖女などおらぬわ！　歴代の聖女は皆、金髪碧眼《へきがん》の穢《けが》れなき乙女と記されておる」

口を挟みたくともとても挟める状況ではなかった。ただ、自分が望まれていない存在なのだということは理解できた。確かに、今自分を取り囲んでいる白の装束を着た人たちも、遠くで帯剣し鎧《よろい》を身につけた人たちも、様々な装飾品を身につけた明らかに身分の高そうな人たちも、僕のような東洋人フェイスではなく、皆、外国映画の中の登場人物のように逞《たくま》しい体と整った顔をしている。

それなのに彼らは、日本語を話している。いや、正確に言えばそれは日本語ではないのかもしれない。だけど僕の耳には日本語として意味を持ち届く。そして、僕の言葉も相手に通じている。

不思議だが今は、その疑問に答えてくれる人はいないだろう。

「髪など染めるなり剃《そ》るなり布で覆うなりすればごまかせよう」

「あの……僕はどう考えてもその『救国の聖女』？　ではないと思います。なのでどうか説明を」

何もかもが理解不能な中で、僕は自分の立場がどんどん悪化していることだけは肌で感じた。そんな中、先ほど声をかけてきた立派な服を着た人がもう一度僕の前に立つ。

「汝《なんじ》は『救国の聖女』に非《あら》ずとも、異界よりいでし特異な存在。その力は必ずや我が国を救うであろう」

「異界……？　国を救うって……僕が？　あなたたちは何を言って……」

「王に対して無礼であるぞ！」

そう叱責《しっせき》されて目の前の立派な服を着た人が『王』なのだと知る。だけど僕の理解力がどうしても追いついてこない。

「そもそもここはどこで、あなた方は誰なのですか？」

「戸惑うのは無理からぬこと。なれど今はまず立ち上がり、民の前にその姿を見せよ」

「声は決して出すでないぞ？　男と知れては事じゃ」

「外套《がいとう》をまとい王の傍《そば》で粛々としておれ」

質問はことごとく無視され、返事の代わりに『女性を装い民衆の前に立て』という無茶振りが返ってきたのだとなんとか理解した。

だがそれは僕にとって難しい注文。

「でも……僕は……」

『立て』と言われて、僕は愛用の杖が見当たらないことに気づく。困ったな、あれがないと僕は――。

「はようせぬか。皆が待ちかねておる」

「あッ！」

少し乱暴に手を引かれた途端、僕は大きくバランスを崩しその場に倒れてしまう。頼りなく床に投げ出された左脚を見た人々が一斉に低くざわめく。

「なんと⁉」

「お主、もしや脚が萎《な》えておるのか？」

「男で黒髪の上に、脚まで萎えておるとは……っ！」

人々から向けられる、あまりに無遠慮で容赦のない負の感情。脚を悪くしてから、こういう視線を浴びることはあった。だが慣れているつもりでも、冷たい視線が僕の心の柔らかい部分をひどく抉《えぐ》る。

どうして脚が不自由なだけで、僕はこんな表情をされるのだろう？　髪が黒いからといってどんな不都合があるというのだろう？　僕はただの一度たりともこの人たちに迷惑をかけていないのに。

倒れた僕に差し出される手はなく、代わりに冷たい視線ばかりが突き刺さった。

僕には何も分からないまま、この国の人たちへは『救国の聖女』は無事召喚されたと伝えられたらしい。僕は顔から体まですっぽりと覆われるローブを着せられ、高らかに告げられたその宣言と民衆の沸き立つ声を、無理やり座らされた椅子《いす》の上で硬直したまま聞くことになってしまう。

僕は明らかに聖女という存在ではないにもかかわらず、この国の権力者たちは僕をそう仕立て上げてしまったのだ。僕が望んだことではないが、自分が全《すべ》ての人を欺いているような気がして、その場から逃げ出してしまいたかったことを今でも強く覚えている。

そして僕は人目につかぬよう、ある一室に閉じ込められた。聖女がどうのと言っていたから、男の姿の僕が目撃されるのは不都合なのだろう。閉じ込められたといってもそこは牢屋《ろうや》ではなく、内装や調度品を見ればむしろ貴賓室と呼ぶにふさわしかった。しかし、窓が一つもなく、唯一の出入り口は常に外から施錠されているのだから、実質的には監禁に違いない。

　わざわざ監禁などしなくても、僕には行くあても頼る人もいないというのに。実際あそこで『お前のような者は不要だ、好きにしろ』と一人放り出されていたら、僕は途方に暮れたまま意味不明な世界を右往左往して野垂れ死ぬ結果になっていただろう。まったく日本では、自分がいかに社会や法治国家という枠組みに庇護《ひご》されていたかを思い知る。

　それから何日かが過ぎ幾度目かの食事を与えられた時、僕は自らを神官と名乗る初老の男性から、ようやく自分の身に起きたことの意味を聞かされた。

　曰《いわ》く、『この世界』は僕がこれまで生きてきた『元の世界』とは異なる時空に存在している。

　曰く、『この世界』には様々な種族が存在しており、その中でも知性的で世界の平和を望む『善』なる人間と、理性なく残虐非道の『悪』たる亜人種、この二つの種族は長きに亘《わた》って戦っているのだと。

　しかし、世界を誰もが望む平和へと導く聖戦であるにもかかわらず、人間は亜人種の中でも獣人と呼ばれる種の誇る野蛮な武力の前に劣勢の状態が続いている。

　そして長引く戦争で国土は荒れ果て、食物や物資の何もかもが足りていない状況に陥っているのだそうだ。

そこで人間の代表であるこの国、ロマネーシャの王は、古くより伝わる秘術を用いて異世界から『救国の聖女』を召喚した。

『救国の聖女』とは、この国に古くから伝わる伝承に登場する人物であり、人間をありとあらゆる困難から救い導く奇跡の存在であるという。聖女の加護さえ得られれば、戦など勝ったも同然。大地は豊かに実り、人々は心安らかに暮らし、この世界から不浄の獣人を駆逐し、あるいは従え、大戦という試練を乗り越えた崇高なる人族こそが正しき世を創《つく》る
……はずだった。

しかし、実際に現れたのは皆が待ち焦がれた見目麗しき『救国の聖女』ではなく、自分で立つことも出来ないどこまでも普通の、いや障害まで抱えた男の僕というわけだ。それはまぁ確かに、がっかりもするだろう。揃《そろ》って肩を落とした召喚した者たちの姿がありありと思い出される。

しかしそれにしても――、

「そんな荒唐無稽《こうとうむけい》な話を僕に信じろと?」

それはにわかには信じがたい話であり、仮に事実であったとしても、僕にはひどく一方的な善悪二元論に思えた。

地球においても僕が知る限り、戦争とは決して善い国と悪い国がすることではなかった。どちらの国にも掲げる正しさがあり、隠蔽《いんぺい》する愚かさがあり、にじみ出る身勝手さが

ある。つまるところはエゴとエゴのぶつかり合いだ。

だから僕は、自らの正義だけを声高に主張するような人間を信用しない。いや、したくない。

僕をこの世界へと呼び出した目の前の彼らの話はあまりに都合が良すぎるのだ。そして、余計な情報を僕の耳へは決して入れようとしない。不思議とこの世界の言葉も文字も理解出来ると気づいたので、この世界に関する本を読ませて欲しいと希望した。しかし、書庫への出入りは禁止され、渡された本はまるで検閲したかのように数多くの部分が墨で塗りつぶされていた。あるいはページがごっそりと切り取られている箇所もあった。

そんな風にして彼らやこの国に対する不信感は募る一方だったけれど、僕には生き延びるために彼らに頼るという選択肢しかなかった。せめてこの脚が自由であればとも思ったけれど、黒髪が不吉とされているらしいこの国ではこの風貌《ふうぼう》の僕が仕事をして一市民として市井で暮らすのは難しいのだろう。

「それで僕は、これからどうなるのでしょう？」

「汝にはここで暮らし、この国の繁栄と栄光を祈ってもらう。汝のその姿を公には出来ぬゆえ」

「そう……ですか」

それは事実上の軟禁宣言であったが、半ば予想していたことでもあった。『救国の聖女』を無事に召喚したとこの国の王が宣言した時から、こうなるだろうとは思っていた。

「分かってくれたか」

「……はい」

もちろん僕だって軟禁などされたくはない。だけどそれは反発したところでどうしようもないことだったのだ。

今にして思えば、僕が本当にただの取り違えられた一般人だったのなら話はここで終わっていたのかもしれない。

けれど、僕はそうではなかった……。


僕には望みもしない『力』が宿ってしまっていたからだ……。

＊　＊　＊

僕が無気力に軟禁生活を受け入れ始めた頃、この国には突然の戦況の好転、収穫物の増加、獣人とは違い知能を持たず人を襲う魔獣の減少など明らかに良い変化が現れ始めた。

すると、神官たちは僕を改めて『救国の聖女』と呼び、信仰の対象としてさらに祀《まつ》り上げた。そして当初の落胆から見事に掌《てのひら》を返した彼らは僕に『救国の聖女』としてさらなる恩恵を与えることを求め始める。貪欲《どんよく》さを隠しもせず、恩恵を受けることは当然だという期待に満ちたその顔を僕は忘れることはないだろう。

それからの日々は地獄だった。

『聖女』の体液は癒《い》やしの力を秘めていると言われ、血液を抜かれた。注射器などあるはずもない、僕を待ち受けていたのはナイフで傷を作って滴る血液を小皿で受けてゆく処置だった。その仕打ちに最初は激しく抵抗したが、抵抗すれば押さえつけられるだけ、無駄だと悟ると次第にそれにも慣れていった。慣れて、耐えるしかなかった。

けれども人の欲というのは際限がないもので、彼らは今度は僕に肉体的な意味での『聖女』としての役割を求めた。

かつての『聖女』たちもこのような人を人とも思わぬ扱いを受けたのだろうか？

それとも女性であれば、伝承にある正しい聖女であればもっと違う扱いがあったのだろうか……。

そんな答えも出ない考えにとりつかれるほどに僕の心は弱り、ゆっくりと壊れ始めていたように思う。

そんな最中に出会ったのがリアンさんだった。

この国で獣人の立場は決まっている。皆、奴隷として扱われるのだ。それは僕がこの国の人間を信じられなかった原因の一つでもある。奴隷に対する扱いは、僕が見える範囲ですら過酷を極めていた。まるで、彼らには自分と同じ命も意思も宿っていないという様子で奴隷を扱うこの国の人間たち、彼らにとって奴隷とは路傍の石と同じようなものだった。

出来るだけそういう場面に出会うことを避けていた僕だったが、その日はたまたま見かけてしまったのだ。ぼろぼろのリアンさんが、まさに目の前で処分されようとしているところを。

そして、僕はとっさに頼んだ。殺すぐらいならリアンさんを僕にくれと。

自分でも驚いた。自身がなんとか生き延びることだけで手一杯だったはずなのに、自分の中にまだ見過ごせないものに手を伸ばそうとする人間の心と衝動が残っていたこと。それに気づいてどこか安堵《あんど》し、救われたような気がした。その頃にはあまり言葉を発することもなく、どんな表情をしていたのかすら怪しい僕の願いは、思いのほかすんなりと受け入れられた。

もとより、居場所を秘匿された『聖女』の側仕《そばづか》えをどうするかという問題もあったようだ。今までは僕に僕という存在の説明をしてくれた神官が食事などを運んでくれていたが、彼は本来、そんな雑用をする立場の人間ではなかったらしい。

そして、リアンさんは僕の側仕えとなった。何かあればいつでも処分できる、いくらでも替えの利く命である奴隷は、秘密の塊である僕の側仕えにはぴったりだったのだろう。

リアンさんは僕に心から感謝してくれた。だが今思えば、そのせいで結局リアンさんを僕に縛り付けることになってしまったのだから、本当に僕の選択が正しかったのかどうかは分からない……。

それでもあの頃はリアンさんという唯一本心で僕に接してくれる存在が、何よりも嬉《うれ》しかった。奴隷がつけさせられている首輪のせいもあって、なんでも話すというわけにはいかなかったけれど、それでも日々交わす何気ない言葉だけが僕の心の支えだった。さして意味などないたわいのない会話、そんなものがどれだけ大切だったのかを、彼は思い出させてくれた。

リアンさんという存在を得て多少はましになったとはいえ、能動的に力を使えない僕は、形だけは信仰の対象として慇懃《いんぎん》に扱われながら、実際には著しく人権を踏《ふ》み躙《にじ》るような扱いを受け続けた。

どうしてこんなことになってしまったのか？　僕は何かこんな目にあうような罪を犯したのだろうか？　帰りたい……平穏で平凡な僕の世界に帰りたい。眠ると、ときおり故郷の夢を見た。そして目覚めて、変わらぬ現実を見せつけられ小さくうめきながら両手で顔を覆った。

脚を悪くして一度は諦《あきら》めかけたピアニストへの道。だけど、家族や親友の支えもあってソロでコンサートを開けるほどにはなっていた。ピアノ教室を開き、近所の子供たちにピアノを教えることも楽しくて、ハンディキャップを抱えながらもなんとか人並みの幸せを得ていたというのにどうしてこんなことに……。

そんな疑問や希望が涙と共に涸《か》れ果て、視界にはただ暗雲が満ちた。己のことのように僕を心配してくれるリアンさんの言葉すら耳を撫《な》でるだけで胸の奥まで届かなくなってきた。

僕の心が絶望と虚無に支配され尽くした頃――僕を召喚したこの国は突如降ってわいた数多《あまた》の自然災害や疫病、そして飢饉《ききん》に襲われ、何もかもがあっという間に瓦解《がかい》した。そしてその先にあったのは獣人との戦における完全なる敗北だった。

このような結果を招いた『聖女』はどうなるのかと考えなかったわけではないが、別に役立たずと罵《ののし》られ殺されても構わなかった。それなのに、僕のもとへは誰も訪れなかった。僕という存在など忘れてしまったかのように一斉に国の上層部は逃げ出したのだ。

いつの時代のどこの世界でも、敗戦国の末路とは同様に悲惨なものなのだろう。街に、城に、そして神殿に、血の臭《にお》いをまとった獣人の兵士が大挙して乗り込んできた。

だがそれを恐ろしいとは思わなかった。

その時の僕の心を占めていたのはやっと僕にも終わりの刻《とき》が訪れるという不思議な安らぎ。

戦争をしている相手の国のことを調べないわけはなく、きっと僕という存在については獣人たちも把握していることだろう。

そうなれば自分がどうなるのかその未来の予想ぐらいついてしまう。

人間としての尊厳をあらゆる形でこの国の人間……あいつらに奪われた僕にはふさわしい最期《さいご》だ。

閉じ込められた豪奢《ごうしゃ》な部屋の寝台に腰かけ、僕はどこか待ち望んでいたものが訪れるかのような気持ちで、近づいてくる喧噪《けんそう》を聞いていた。地を揺らす足音と遠くの怒号。鎧姿の兵が駆ける鉄の音が渾然一体《こんぜんいったい》となって全てを包む。

そう、それはまるで甘美な滅びの唄《うた》のようにあたりに響く。

しかし、そこに現れたのは僕を死へと誘う兵士ではなかった。

「コウキ様！　ご無事ですか⁉」

「……リアンさん？　どうしてここに来たんですか？　こんなところにいては駄目です。あなたはこの国に虐げられた被害者なんですから。きっとあの方たちに同胞として保護をしてもらえるはずです」

血相を変えたリアンさんが部屋に飛び込んできた時には、なぜ？　と疑問しかわかなかった。

「コウキ様、どうされたのですか……？　いえ、それよりも。逃げましょうコウキ様！じきにここにも兵たちが攻め入ってきます！」

「なぜ逃げるんですか？」

「なぜと……、同じ種族の者を悪く言いたくはありませんが、獣人には血の気の多い者がたくさんいます。特に戦場に出るような者であればなおさらのこと、このままではコウキ様は――」

「もういいんです」

単に死んでいないから生きているだけの、苦痛と屈辱に塗《まみ》れた年月。もうじきそれが終わるのだから、そんな悲しい顔をしないでくださいよリアンさん。

「コウキ様、何をおっしゃってるんですか！」

「無理ですよ、リアンさん」

僕は多くを語る代わりに、そっと左脚を撫でて見せる。察しの良い彼ならば、これだけで分かってくれるだろう。

「それならばこうすれば良い。失礼いたします！」

リアンさんはそう言うと問答無用でその背中に僕を一気に担ぎ上げた。ぐんと拡がる視界と浮遊感に一瞬ひるむ。

「駄目です、リアンさん、人間――しかも『聖女』なんていう立場にあった僕といては、あなたの身が危険です。一人で逃げてください」

「私はコウキ様の従者……、ですがその願いを聞くことは出来ません！」

そんな問答をしているうちに城内の喧噪はどんどん広がりを見せている。波濤《はとう》が迫っている。今この瞬間も。

「リアンさん、本当にもう時間がありません。どうか僕を下ろして早く逃げてください」

「…………」

「え……？　リアン、さん？」

そうして何を思ったのか、リアンさんは返事をすることなく僕を担いだまま走り出す。

運が良いのか悪いのか、攻め込んできた獣人の兵と出会うこともなく以前見つけたという秘密の地下通路を使って見事に城を抜け出してしまったのだ。

＊　＊　＊

そうして僕とリアンさんの旅は始まった。

いつの頃か、獣人国から『救国の聖女』に追っ手がかかり、懸賞金までかけられたこともあって、僕たちの旅は徐々に逃避行へと変化していくことになる。

いくら指名手配されているのが『聖女』だとしても、この世界にはほとんどいないという黒い髪の毛と黒い眼。まだ髪の毛は剃ってしまえばどうにでもなるけれど、眼の色を変えることは出来ず、この世界の人たちとはあまりに違う容貌《ようぼう》も問題だった。

このようなうち捨てられた小屋ですら見つかればしめたもので、もう何度野宿をしたかも分からない。それでも僕が生きているのはリアンさんが食べるものや飲むものをどこからともなく調達してきてくれるから。居場所を転々としつつ日雇いの危ない仕事をしていることも、彼は言ってはくれないが気づいてしまった。

幸い獣人が国を征服したおかげで仕事には困らないらしいけれど、問題はそこじゃない……。

リアンさんが戻ってきたらもう一度話してみようと改めて考えるのと同時に外に人の気配を感じた。

建て付けが悪いというより半ばとれかけた扉の軋《きし》む音、その人の気配に過去へと引きずられていた僕の意識は現実に引き戻された。

「あ……リアンさん？」

リアンさんにしては少し早い気もするけれど、帰ってきてくれたことに安堵する。彼が無理をしないのは良いことだ。僕のために無理をする必要などない人なのだから。

「お帰りなさい、リアンさん。大丈夫でしたか？」

すぐに立ち上がってリアンさんを出迎えることが難しい僕は、せめて明るい声で彼に労《いたわ》りの気持ちを伝える。

だけどおかしいな……いつもならば『ただいま戻りました』とすぐに返事をしてくれるリアンさんが、今日に限って何も言わない。

ただ鈍い音を立てて不自然に扉が軋み、隙間《すきま》から外の光が細く差し込む。

「リアンさん……？　どうかし――」

ガコン！　その音に思わずびくりと身をすくめる。僕の言葉を遮るように鈍い破壊音を立てて扉が完全にとれた。

「え、誰……ですか？」

扉の向こうにいるのはリアンさんじゃない。そう確信した僕の体に緊張が走る。

正直なところ地球で生活していた頃のような生への執着というものは今の僕にはなくなってしまっている。死ぬことをさして恐ろしいとも思わない。だけど、この世には死ぬよりも辛《つら》いことがあるのも知っている。僕が恐れるのは死そのものではなく、そこに付随する苦痛だった。

そしてこの世界のことをよく知らない僕にでも、戦争をしていた相手の国で『救国の聖女』などという名で祀り上げられていた存在が敵国に捕らえられれば、その先にある未来が明るいものではないことぐらい分かっている。

「よお！　悪《わり》ぃな、ドアが壊れちまった。いや、壊したってのが正しいか？　まぁ、もともと廃屋みてぇだし構わねぇよな」

そんな思考を打ち破るような場違いに陽気な声にあっけにとられる。姿を見せたかと思えば遠慮もためらいもなくずずいと室内に入ってきたのは、僕がこれまで見たことがないほど大柄で逞しい獣人だった。

黄金という表現がこれ以上なくふさわしい豪奢な色彩。それほど長くはない金髪を無造作に後ろで一つにまとめたその人物は、ただそこに立っているだけで恐ろしく迫力がある。その髪の中からはリアンさんと同じ獣の耳が、背後には細い尻尾《しっぽ》が垂れていた。この形はきっと獅子《しし》の獣人だろう。

ただの人間である僕と比べれば、狼《おおかみ》の獣人であるリアンさんだって十分すぎるほど逞しい。だけど、今目の前にいる場違いな笑みを浮かべた獣人は、リアンさんと比べてもその体軀《たいく》は圧倒的に思えた。堂々たる偉丈夫、それが戦いに生きる者の体だと僕でもすぐに気づく。

片手で軽々と掲げたままだった扉一枚をごとんと置いて玄関横に立てかける。この人は獣人の国の兵士なのだろう。そうならば目の前の獣人はきっと僕――『救国の聖女』を捜す追っ手に間違いない。

目の前のこの獣人が僕に死を告げる者なのだろうか。

相手がその気になれば腰に見える太い剣を使うまでもなく、その屈強な腕と人間より強靱《きょうじん》な爪《つめ》の一振りで、僕の命はあっけなく消え去るだろう。

ああ、だけど……それも悪くないかもしれない。僕という存在がこの世から消えてしまえば、リアンさんをやっと解放してあげられる……。

「僕に何かご用ですか？」

気がつけば僕はフードを取り、薄く微笑《ほほえ》んでいた。

「へぇ？　見かけによらず肝が据わってんなぁ。それでその髪の色に瞳の色。お前さんが『豊穣《ほうじょう》の御子《みこ》』……いや、『救国の聖女』様であってるんだな？」

「ほうじょうの……？　いえ、すみません。こんな見た目で男ですけど『救国の聖女』と呼ばれていましたから、お捜しの人間はきっと僕のことだと思います」

「随分とあっけなく認めるんだな」

「これ以上逃げようがないことも分かっていますし、もう隠す意味も……正直なところ疲れてしまって……。僕の身は好きにしていただいて構いません。抵抗もしませんから」

「まぁそこは安心しな。俺は何もお前さんに乱暴しようってわけじゃねぇんだ。まぁ、あんまり説得力はねぇかもしれねぇがな」

朽ちた寝台に座っている僕の肩を、赤茶色の瞳にどこか愉快げな色を湛《たた》えた獣人が、まるで友人にするような気軽さでポンポンと叩《たた》く。大きくて分厚くて力強い手。だけどその手は一瞬触れただけでも温かく……思いのほか優しい。

「俺はライナスだ。そんで『救国の聖女』様に名前はあるのか？」

「僕の名前は、コウキ……です。ただの人間ですから名前ぐらいあります……。本当は『救国の聖女』なんていうたいそうな存在じゃありませんから……」

「そうか、ならコウキと呼ばせてもらうぜ。あのな、俺は確かにお前さんを捜していたわけだが、別に何かしようとは思っちゃいねえよ。お前さんにうちの大将がちーっとばかし大事な用事があるんでな、一緒に来てくれるかい？」

「大将……？」

「あー、平たく言うとだな、俺の国の王がお前さんに用事があるみてぇでな」

その一言で納得がいった。獣人の国の王のもとで僕は敵国の人間としてきっと裁かれるのだろう。だが、自分の国の王を大将と呼ぶ目の前のライナスという人物は何者なのだろうか……。だけど今はそれより彼にどうしても伝えておかなければならないことがある。

「ライナスさんとお呼びしても構いませんか？」

「ああ、呼び捨てでも構わねぇぜ」

「それではライナスさん。僕は決して逃げませんし、あなたの命令に逆らいません。ですからどうか一つだけ僕の頼みを聞いていただけませんか？」

僕の言葉にライナスさんはわずかに顔をしかめて何かを考えているようだった。だけどそれも一瞬ですぐに僕の望んでいた言葉が返ってきた。

「内容次第、だが俺が出来ることなら最善を尽くすと約束してやる。これでもいろんな方面に多少は顔が利くんだぜ？」

「それならば……」

リアンさんを、と僕が言葉を続ける前に廃屋の外がにわかに騒がしくなる。聞いたことのない何人かのざわめく声。そして聞き覚えのあるリアンさんの叫び声が響き渡る。

「放せ！　あの小屋に近づくんじゃない！　コウキ様！　お逃げくださいコウキ様っ！」

「リアンさん……っ！」

外から聞こえてきたその声に一歩遅かったと僕の中に焦りが生まれる。振る舞いや言葉から立場のある身分であることをはっきりと匂わせるライナスさんが一人でこの場にやってきたとは考えにくい。そうなればリアンさんがライナスさんの仲間と鉢合わせしてしまうのは必然だ。

ライナスさんの仲間に攻撃の意思がなかったとしても、リアンさんの抵抗の仕方次第では最悪の事態が起きてもおかしくはない。

駄目だ、それだけは絶対に避けたい。

「ライナスさん……先ほどのお願いの話です。今外で声を上げている人はリアンさんといって僕を助けてここまで連れてきてくださった方です。そして、あなた方と同じ獣人で、僕のいた国では『奴隷』として扱われていました」

僕が発した『奴隷』という言葉にライナスさんの眉《まゆ》がかすかにひそめられるが、表情はほとんど変わらない。明るくよく笑う人。だけど、ただそれだけではない腹の底を読ませない人。ならば僕は差し出せるものを差し出して真《ま》っ直《す》ぐに当たるしかない。

「先ほども言いましたが僕は決して逃げません。逆らいもしませんし、どんな裁きも甘んじて受け入れます。僕の命がお望みでしたら自由にしていただいて構いません。だから、どうかリアンさんの身の安全と今後を保証していただきたいのです」

僕は、ライナスさんの手にすがって頭を下げた。無力な自分が嫌になるが今の僕に出来ることといったらこれくらいしかない。立てない脚で這《は》ってすがる姿はみっともないものだろう。けれどたった一人の恩人であるリアンさんを救える可能性があるならもう何だって構わない。

「随分と獣人を……『奴隷』のことを気にかけるんだな?」

「この世界で僕の味方はリアンさんだけでした。それにリアンさんを『奴隷』だと思ったことはありません。彼は僕の大切な友人なんです」

僕の必死の訴えにライナスさんはどこかいたずらめいた笑みを浮かべた。その口からは突然獣のような遠吠《とおぼ》えが発せられあたりへと響き渡る。その空を打つ咆哮《ほうこう》に驚き身をすくめた僕だったが、周囲から喧噪が消えてリアンさんの声だけが響き渡っていることに気づく。

「よし、これで大丈夫だ。外の連中もそのリアンって奴《やつ》に手荒な真似《まね》はしねぇと約束する。お前さんが願ったそいつの今後についても決して悪いようにはしねぇよ。同胞だしな」

「あ、ありがとうございます！」

その言葉が守られるという保証はどこにもないはずなのになぜかこの人ならば約束を守ってくれると、信じても大丈夫だと僕の直感が告げていた。これでこの世界にもう未練はない。あとは煮るなり焼くなり好きにしてくれればいい。

願わくは楽な死に方を選ばせてくれるとありがたいとは思うけれど……。

「そんじゃ、行くか。外の連中が手を出さないといってもそのリアンって奴に早くお前さんの無事な姿を見せてやった方がいいだろう」

「はい」

確かに未《いま》だにリアンさんが僕の名を呼ぶ声は止まっていない。

慌てて僕は壁に立てかけておいた杖代わりの枝に手を伸ばした。

「……コウキ、お前、やっぱりその脚は」

「左脚が少し……でも、杖を使えばなんとか歩けますから」

「そいつは気の毒に……。しかし、その体でよくこんなところまで来られたな。いや、それもそのリアンって奴のおかげか」

「はい、そうです」

「そんじゃ今は俺が手伝ってやるよ」

「え……？　ちょ、ちょっとライナスさん⁉」

言うが早いか、ライナスさんは僕の体を軽々と抱き上げてその腕の中に収めてしまった。それもいわゆるお姫様抱っこスタイルでだ。

「あ、あの！　僕は自分で歩けますから！」

「いーからいーから、遠慮しなくていいんだぜ？　それにしてもコウキ、お前軽すぎないか？　人間にしてもこう、もうちょっとなぁ？　縦と横が両方足りなくねえか？　ちゃんと飯食ってるか？　いや、逃避行生活じゃろくな飯も食えてねぇか」

「いえ、遠慮とかではなくて！」

「まあいいからいいから」

僕の抵抗など素知らぬ顔のライナスさんに、思わず僕は頭を抱えてしまう。

この世界の人間……いや獣人にとって、これは普通のことなのだろうか？　少なくとも僕をこの世界へと召喚したあの国の人間たちはこんなことはしなかった。

リアンさんも頻繁に僕を抱きかかえてくれるけれど、それは世話をする上で必要だからだと思っていた。だけどよくよく考えたら、ちょっとした移動ですらあれほどリアンさんに依存していたのはおかしい気が今更ながらにしてきた。

「コウキ様！」

そんなことを考えながら、ライナスさんに抱えられたまま壊れた扉から外に出ると、リアンさんがひときわ大きな声を上げた。

「リアンさん、落ち着い――」

「貴様ぁぁっ！　コウキ様に何をしたっ⁉」

僕が止める間もなく、リアンさんはライナスさんの仲間と思われる獣人の拘束から抜け出し、これまで見せたことのない物すごい形相と速度でライナスさんに飛び掛かる。

その姿や俊敏さはまさに狼そのもので、彼がやはり僕のようなただの人間とは違う狼の獣人なのだということを改めて実感した。そして、このままではリアンさんがライナスさんを傷つけてしまうのではないかと心配すらしたのだが……。

「おっとっと、危ねーなおい」

「ぐっ」

ライナスさんは、リアンさんの素早い一撃をこともなげにいなす。それも軽口を叩きつつ余裕たっぷりに、僕を抱いたまま体の捌《さば》き方一つでだ。

「リアンさん！」

グルル、と怒れる獣の唸《うな》り声が響く。

「コウキ様！　あなただけは命に代えてもお助けします！」

ライナスさんに片手でいなされ、転がされるように地面に倒れ伏したリアンさんは、起き上がると犬歯を剝《む》き出《だ》しにしてライナスさんを睨《にら》みつけた。このまま放っておけばリアンさんは勝ち目がなくともライナスさんに何度も挑んでしまう。

「リアンさん、落ち着いてください！　僕は何もされていません！　大丈夫ですから！」

僕は慌てて声を上げる。こんなに大きな声を出したのは久しぶりすぎてちょっと咽《む》せたけれど、今はそんなことを言ってる場合じゃない。

「違うんですリアンさん。この方はライナスさんとおっしゃって、僕を獣人の国の王のもとへと連れていくためにここにいらっしゃったそうです」

「ですがそれでは！」

「大丈夫です。身の安全と今後については保証してくださいましたから」

誰のとは言っていない。だからこれは嘘《うそ》ではない。

「本当に……信用、できるのですか？」

リアンさんの眉間《みけん》の皺《しわ》が深くなる。恐らく彼は今、従者として僕に従うべきか、あるいは従者だからこそ懐疑的であるべきか葛藤《かっとう》している。

ですが、リアンさん。あなたはもうそんなことで悩まなくていいんです。あなたにはもう自由になって欲しいから。

「僕は信用してみようと思います。もちろん、僕だけがライナスさんに同行し、リアンさんとはここでお別れという選択肢もあるとは思います。僕さえいればそこは問題ないはずですよね？　ライナスさん」

「まぁ、確かにそりゃそうなんだが」

　僕を抱えているにもかかわらず器用に片手で頭を掻《か》きながらライナスさんは答えてくれるが、その言葉を遮るようにリアンさんが大きな声を上げる。

「ありません！　そんな選択肢はあり得ません！　私はどこまでもお供します！」

「……ありがとう、リアンさん」

　この愚直で優しい人との逃亡の旅もこれで最後かと思うと、安堵だけでなく少しの寂《せき》寥《りょう》を感じる。だけどこれでいい。僕は間違っていないはずだ。これが終わりで、その後リアンさんは彼自身の人生を取り戻せるはずなのだから。

「そんで話はついたかい？　お二人さん」

「はい、お待たせしました。あの……こんな状態のまま話し込んでしまってすみませんでした」

　ずっと僕をライナスさんが抱えていたことを思い出し、僕はいたたまれなくなってしまう。先ほどライナスさんは僕を軽いとか言ったが、僕の体格は日本人の成人男性としては標準だ、決して小柄でも華奢《きゃしゃ》なわけでもない。

「それは構わねぇって言ったろ？　それとも俺がそんなに頼りなく見えんのかなあ？　お

前さんの一人や二人、赤ん坊をあやすのと変わりゃしねぇのになあ。高い高いでもしてやろうか？　ほれほれ」

「や、やめてください！」

わしりと両脇《りょうわき》を掴《つか》まれ、ぐんと持ち上げられる。まさか本当にやるとは。最後に高い高いをされたのはいつだったか……。まさかこの歳《とし》にもなって、異世界で初対面の獣人に高い高いをされるとは思わなかった。僕を見上げる獅子の視線は得意げである。

「お前！　コウキ様に危険な真似をするな！　私はまだお前を信用したわけではないからな！」

「おー怖い怖い、落としゃしねえって。そんじゃまぁ、とりあえずあっちに用意してある馬車に乗ってくれ。話は中でゆっくりしようぜ。俺はお前さんのことも知りてぇからな、リアンさんよ」

「私はお前に話すことなど何もない」

リアンさんには手出ししないと約束してくれたライナスさんだけど、個人的興味は別のようで、僕だけでなくリアンさんにも絡みに行く。危害を加える様子ではないし、悪意も感じられないので大丈夫だとは思うけれど。

それにしても、リアンさんのこんな態度は珍しい。初対面の印象が悪すぎたのだろうか……。

「なぁなぁ、リアンはずっと人の国にいたのか？　親兄弟は？　生まれはどこだ？　故郷はあるのか？　歳はいくつだ？」

「お前に答える必要はない、人の名を勝手になれなれしく呼ぶな」

そんな僕の想《おも》いとは別に、ライナスさんは乗り込んだ馬車の中でリアンさんを質問攻めにしている。それに対するリアンさんは、やはりひどく素っ気ない。ライナスさんは悪い人ではなさそうだし、リアンさんと仲良くしてくれたら僕としては安心なのだけれど。

「なぁ、あの国で俺ら獣人は奴隷だろ？」

「ライナスさん、それは……」

「だったら何だ？」

いきなりデリケートな問題に突っ込むライナスさんに僕は焦り、リアンさんの声からは感情が消えた。

「元奴隷が従者になったからって、ここまで主人に懐くのは珍しい。解放した奴隷もほとんどの連中は主人を憎んでた。そうするとだ、俺が推測するにリアン、お前はコウキに惚《ほ》れてるのか？」

「はい？」「は？」

僕とリアンさんの反応が思わず重なってしまう。

「ほれ、どんどん女が減っちまってるから男同士でくっつく奴が人間の間でも増えてるっていうじゃねぇか。もとより俺たち獣人は男女関係ないっつうか、惚れた！　と思った相手と添い遂げる奴が多いからな。もしかしたら、お前もそうなのかと思ったんだが違うのか？」

もとより低めの声のトーンをさらに落として尋ねたライナスさんの目が、その問いかけが冗談ではないことを物語っている。

「ふざけるな！　私はあくまで従者、大恩あるコウキ様に生涯仕えると誓った身だ！　そんないかがわしい目でコウキ様を見たことは断じてない！」

けれども、激昂《げきこう》したリアンさんはその問いかけを一刀両断に斬《き》り捨《す》てる。

「本当にそうなのか？　それなら良かった！　うん、安心したわ」

「お前が言ってることは訳が分からない。何がだ⁉」

「まあまあ、菓子でも食って落ち着けよ。イライラする時は甘いもん食うに限るぜ？」

「誰のせいだと思ってるんだ！」

リアンさんとライナスさんのやりとりはびっくりするぐらいかみ合っていない。だけどいつの間にか僕も体の力が抜けていた。真剣なのにどこかずれた二人の掛け合いは少し微笑ましさすらある。そういえば、この世界で人間らしい感情のあるやりとりを見たのはこれが初めてかもしれない……。

終わりへの旅の中で、こんなにも穏やかで、少しだけ楽しい気持ちになれたのだ。この先に待っているのが僕の最期だとしてもそれはそう悪いものじゃないような気になってくる。

それよりも先ほどライナスさんが当然のように口にした言葉が少しだけ気になった。

『どんどん女が減っちまって』というその言葉が。

その言葉と僕が『聖女』として召喚されたことは何か関係があるのだろうか……。

そんな疑問に誰かが答えてくれるはずもなく、未だにかみ合わないやりとりを続けている二人の姿を見ながら走る馬車の中、僕はライナスさんにお前さんも食えと強引に持たされた焼き菓子のようなものをそっと口に含んだ。舌の上でほろりと広がる香ばしさと優しい甘さに自然と体から力が抜けていった。

二章

案外揺れないものなんだな……。それが初めて乗った馬車に対する僕の感想だった。

『この世界』に来てからというもの、僕の身の周りは『初めて』だらけで感覚がすっかり麻痺《まひ》していたけれど、こんな立派な馬車は子供の頃に読んだ絵本でしか見たことがない。

おとぎ話の世界に出てきたそれよりは少し無骨な作りに思えたが、重厚な車体は妙に威厳が備わって見える。それに自分が乗ることになるなんてまったく、人生何があるか分かったものじゃない。

「んっ……ケホ！　コホッ⁉」

「おいおい、大丈夫か？」

「コウキ様！」

「だ、大丈夫、です……ケホ……ッ」

お菓子を食べていて少し咽《む》せただけなのに、リアンさんとライナスさんが驚くほど慌てて逆に焦る。

「本当は茶でも淹《い》れてやりてぇが、あいにく馬車の中じゃそうもいかねぇしな。とりあえずこれで我慢してくれ」

「あ、ありが……と……うケホッ」

「礼なんぞいいから飲め飲め！　コウキが喉《のど》を詰まらせて死んじまったら、俺の首がスポーンと飛んじまうからな」

僕はライナスさんが差し出してくれた革の袋を受け取る。一瞬何かと思ったが水筒だった。ねじ式の蓋《ふた》を開けてこれ以上咽せないようにゆっくりと喉に水を流し込む。水は少し温《ぬる》くなっていたけれど、それでも十分な心地《ここち》好さで喉を潤してくれた。

「助かりました。ありがとうございます」

「おう、いいってことよ。ところで俺の国の菓子は口に合うか？」

「はい、とても美味《おい》しいです」

これはお世辞なんかじゃなく、本当に美味しかった。外はカリカリ中はシットリ、一層ずつが厚めのパイ生地で作られた焼き菓子で、中のペーストは木の実を潰《つぶ》して糖蜜《とうみつ》で炊いたものだとライナスさんが教えてくれた。たっぷりと詰まっている濃厚で蕩《とろ》けるような甘味としっかりした生地の相性が良い。味もボリュームも百点満点だ。

「お？　そんなに気に入ったのか？　コイツはウチの大将のガキの頃からの好物でな。あいつは見た目を裏切る甘党だからな。ほら、一個じゃ足んねぇだろ？　遠慮はいらねぇ、もっと食え」

「いえ……お気遣いはありがたいのですが、お腹《なか》いっぱいです」

これもまた遠慮ではなくまったくの事実だ。僕の掌《てのひら》に余るサイズの糖蜜パイは、一つ食べれば昼食として十分事足りる。なんならカロリーオーバーが心配なぐらいだ。

「本気か⁉　人間ってなぁとことん少食なんだなぁ。俺ら一度に六個は食うぜ？」

「人間が少食なのではない。コウキ様の食が細すぎるのだ。あの国の人間たちはもっと食べていた」

「お前も食えよ。味はコウキが保証済みだ」

「私は結構だ」

「リアンさん、本当に美味しいですよ。一ついただいてみてはどうですか？」

頑《かたく》なにライナスさんの好意を拒むリアンさんに、僕はやんわりと勧める。

今後僕がどうなっても、リアンさんには獣人の国で幸せに暮らして欲しい。平穏を、彼の人生を取り戻してもらわねばならない。そのためにもライナスさんの助けはあるに越したことはないだろう。だからこそリアンさんの中にあるわだかまりは解いておきたい。

「しかしコウキ様……」

それでも遠慮をするリアンさんに僕は一つパイを手に取り無理やりその手に握らせた。

さっき自分がライナスさんにされたように。そうするとリアンさんも諦《あきら》めたようで、少しためらいながらもパイをひとかじり。頭上でぴくんと両耳が動く。

「これは……」

「なっ美味《うま》いだろう？」

「ああ、確かに美味い。……そうか、世界にはこのように美味いものがあるのだな……。あの国で無残に死んでいった同胞たちにも食べさせてやりたかった……」

そうだった……。僕は完全に失念していた。あの国の奴隷の扱いを……。リアンさんは僕の側仕《そばづか》えとなってから僕の願いで共に食事をとることが多かった。だがそれまではきっと食事一つとってもひどいものだったのだろう。

そして数多《あまた》の獣人たちが奴隷としてろくな食べ物も与えられぬまま過酷な労働を強いられ、無念のうちに命を落としたのだと思うと、そんな国で『救国の聖女』なんて呼ばれていた自分が恥ずかしくすら思えてしまう。

「も、申し訳ございませんコウキ様！」

そんな思考に陥っていた僕への突然のリアンさんの謝罪の言葉に驚きを隠せなかった。

「決してコウキ様のことを責めているわけではないのです。軽率な発言でした。どうかお許しください」

「は？　え……リアンさん？」

土下座せんばかりの勢いで謝罪してくるリアンさんに、僕はただただ戸惑うばかりだ。

一体なぜ、リアンさんが僕に謝る必要があるのだろうか？

リアンさんが言ったことはあの国で起きた事実であり、僕はその国で祀《まつ》り上《あ》げられた存在なのだから。望んだわけではなくとも僕は加害者側に属していた。

「なあリアン、お前のコウキを想《おも》う気持ちはよーく分かるが、ちぃとばかし空回りしちゃいねぇか？　もっとこう肩の力を抜けよ、な？」

「さ、触るな！」

さりげなくリアンさんの肩に手を置き抱き寄せるライナスさん……僕と初めてあった時にも感じたがこの人は人との距離感が妙に近い。そんなライナスさんに僕は再度自らの願いを口にする。疑ってはいないが、一番大切なことだったたから。

「ライナスさん、何度も失礼かとは思うのですが……。どうか、あの約束は必ず守ると、もう一度この場で誓ってもらうことは出来ますか？　そのようなことをお願い出来る立場ではないと重々承知してはいるのですが……」

リアンさんに迷惑をかけ続け、その献身に何一つ報いることの出来なかった僕の、これはせめてもの贖罪《しょくざい》だ。

「約束……？　もしや先ほどの身の安全というのは……!?」

「リアンさん……」

こういう時のリアンさんの鋭さは逆にやっかいだなと思ってしまうのはいけないことだ

ろうか。今の言葉でリアンさんは僕とライナスさんの約束の内容に気づいてしまったかもしれない。

「コウキ様、あなたはもしや――」

「あー……最初から何かおかしいとは思ってたんだけどよ。コウキは勘違いしてるようだが、ウチの大将はお前にこの戦争の責任をとらせようとか罪を償わせるとか、見せしめにアレコレしようとかは考えてないと思うぜ？」

「それではライナスさんの国の王は、一体なんのためにわざわざ僕を捕らえにあなたを差し向けたのですか？　他の方のライナスさんへの態度を見れば分かりますがライナスさんはきっとそちらの国でも地位のある方ですよね？」

「うーん、その捕らえるっていう認識からしてもう違うんだよなぁ」

　参ったなぁとでも言うように、豊かな金髪を掻《か》き分《わ》け頭を掻くライナスさんの仕草には、大柄で厳《いか》つい風貌《ふうぼう》でありながらどことなく大きな猫のような奇妙な愛嬌《あいきょう》があった。

「俺はお前さんを捕らえに来たわけじゃねぇ、迎えに来たんだぜ？　どっかで手違いがあったのか『救国の聖女』は賞金首みたいな扱いになってたが、あれも『救国の聖女』を保護して王のもとへと連れてきた者に謝礼を払うというのが本来の意味だったんだが」

「迎え……ですか」

　確かに最初から違和感はあった。僕を王の下へと連行するだけなのであれば問答無用で縛り上げ、邪魔をするリアンさんは捕縛するなり殺すなりしてしまえば話は早いのだ。それなのにライナスさんは彼にとってなんのメリットもない僕の願いを聞いてくれた。

それどころか豪奢《ごうしゃ》な馬車に乗せ、今も美味しいお菓子を振る舞ってくれている。捕らえた敵国の人間に対する扱いではない。客人と言ってもいいくらいだ。

「それは詭弁《きべん》だ！　貴様のような使い手、それに共に来ていたあの獣人たちは騎士だろう！　武装した騎士団を寄越しておいて、何が『迎え』なものか！　断る選択肢のない迎えなど捕縛と変わらん！」

「リアンさん、落ち着いてください。ライナスさんは戦いなんて何も知らない僕が見ても強い方なのだろうと分かります。あの、決してリアンさんを侮辱するつもりはないんですが、リアンさんが戦ったとしても勝てる相手じゃないですよね？」

「そ……それは……はい……」

「それは僕も同じです。ライナスさんから見れば僕は圧倒的に弱者なんです。それなのにライナスさんは僕と対話をしてくださいました。力で解決すれば遥《はる》かに簡単なことであるにもかかわらず、ライナスさんは僕やリアンさんを一人の人として尊重してくれていますす」

「おいおい、そんなに褒めるなよ。照れちまうじゃねぇか」

わざとらしい笑みを作ってライナスさんが手を振るがその表情はまんざらでもなさそう

だ。

「もちろん、僕も自分の立場はわきまえています。決して温かく迎えてもらえるなんて、思ってはいません。それで僕がどうなるかは今の僕には分からない。ですが、これは僕が決めた僕の選択なんです」

「……っ!!」

僕は卑怯者《ひきょうもの》だ。こう言ってしまえばリアンさんが何も言えなくなることは分かっていてあえて口にしているのだから。

「いやぁ、真面目《まじめ》になんか致命的な勘違いがいろいろと発生してる気がするんだけどよぉ……」

「それならもう少し詳しい事情を教えてはいただけませんか？　僕が異世界から呼び出されてきた人間だということはご存じなのですよね？　リアンさんはこの世界の方ですが神聖王国という狭い檻《おり》の中で奴隷として生きるしかなかった。僕たちはあまりに知らないことだらけなんです」

「説明してやりてぇんだが、俺が説明して、また余計な勘違いをさせてもまずいからな。これに関しては俺がここであーだこーだ説明するより、国に詳しい奴《やつ》がいるからそいつが説明してくれるはずだぜ。それはもう嫌というほどな」

「……分かりました。そうさせてもらいます」

なんとなくはぐらかされた気もするが、ここでこれ以上追及しては逆にライナスさんに申し訳ない。ライナスさんが少し気まずそうな表情を浮かべていたことも引っかかるけれど……それもすぐに嫌でも分かる話だ。

「コウキは物分かりが良くて助かるぜ。そっちの狼《おおかみ》さんはまだ不満って顔をしてるけどな」

「当たり前だ。だがコウキ様がそう望まれるのであれば私はそれに従う」

「リアンさんもありがとうございます。代わりにと言っては失礼ですが、もしよろしければライナスさんご自身のことを教えていただくことは出来ますか？」

「俺の？」

「はい。僕はまだあなたのことを名前しか知りません。ですが、これでも人を見る目はあるつもりです。あなたがただの騎士だとは思えません。何より、王のことを大将と呼ぶことに違和感が強くて……」

獣人国から僕を『迎え』に来たどこか飄々《ひょうひょう》として摑《つか》みどころのない獅子《しし》の獣人であるライナスさん。見た目は三十代の半ばぐらいだろうか、体捌《さば》き一つでリアンさんを転がすことが出来る戦うことを職務とする人。僕たちに対する人当たりはすこぶる良いが、身なりや引き連れた騎士たちへの態度から社会的地位の高さが窺《うかが》える。

これが現状において僕が把握しているライナスさんの全《すべ》てだ。

「俺は獣人たちの国の騎士ライナス。それじゃ駄目か？」

「無理にとは言いません。ですが正直に言えばもっとあなたのことを知れたらと思っています」

僕の答えにライナスさんは小さくため息をついて決心したように口を開いた。

「俺の名は、ライナス・ファビオ・デラ・カザーリア。獣人の国バルデュロイの国軍で一応将軍ってやつをやってる」

「将軍……⁉」

地位の高さは予感していたものの、予想を上回るライナスさんの身分に僕は思わず声を上げてしまった。軍事や階級には詳しくないが、将軍というのは軍隊の多分かなり上、もしかすると一番上なのかもしれないということは分かる。

「ライナスという名前でまさかとは思っていたが、本当に将軍ライナスだったのか……」

「リアンさん？　リアンさんはライナスさん……いえ、ライナス様を知っているのですか？」

「いやいやコウキ、ライナス様はやめてくれ。ライナスが難しいなら今まで通りライナスさんで頼む」

自然と敬称をつけてしまった自分にも驚くが、ライナスさんの申し出に僕は頷《うなず》く。

だが僕の隣では未《いま》だにリアンさんが顔を引《ひ》き攣《つ》らせ、ライナスさんを睨《にら》みつけている。

「コウキ様、この男は『豪嵐の荒獅子』と呼ばれていて、戦場に出る者なら……いや、戦場に出ない者でも知らない者はいないほどにその名が知れ渡っています。奴隷であった私が知っているくらいなのですから……。『豪嵐の荒獅子』は将軍職にありながら、戦となれば誰より先に最前線に斬《き》り込《こ》み蛮勇の限りを尽くすのです。かの者の前に立ちふさがり生き残った者はおらず、その身の丈ほどもある漆黒の大剣が一振りされるたびに、まとめて三つの命が刈り取られるといわれています」

「『豪嵐の荒獅子』……」

その凄惨《せいさん》な二つ名と、リアンさんの語る情け容赦のない戦いぶりが、どうしても今目の前にいるライナスさんと重ならないのはなぜだろう。

不思議と僕は目の前のライナスさんを恐ろしいと思わなかった。

「『豪嵐の荒獅子』ともあろうお方が、わざわざお出ましになるとは……。コウキ様を連れてゆく真の目的はなんなのだ？　顔色一つ変えず兵士の命を奪い、人間たちから悪鬼のごとく恐れられる血まみれの将軍殿」

皮肉を込めた問いを発するリアンさんの声と表情に、何とも表現しがたい複雑な色が宿る。彼本来の優しさに由来する、敵であろうと人を殺《あや》める殺戮者《さつりくしゃ》への嫌悪。同時に、自身を奴隷の身に落とし酷使してきた人族を、藁《わら》のように刈り取り蹂躙《じゅうりん》してのける英雄への憧憬《しょうけい》。

僕のためには粉骨砕身を厭《いと》わず尽くしてくれるリアンさんだが、人間そのものへの印象は決して良くない——否、憎んですらいるだろう。

「まぁ、間違いではないな。俺ぁ頭っからつま先まで敵の血で汚れきってる。それは否定しない。だけどな、リアン……お前、戦に出たことはあるか？」

「ない。私はずっと労働奴隷だ」

「なるほどな」

ライナスさんは短く整えられた顎鬚《あごひげ》を撫《な》でながら言葉を探しているように見えた。

「こればっかりは実際経験しねぇと分からねぇと思うが、戦場ってのは早い話が殺し合いの場だ。そこで綺麗事《きれいごと》は一切通用しねぇ。殺《や》るか殺られるかの単純極まりねぇ世界で、強い者が生き弱い者がくたばる。だから俺はひとたび戦場に立ち、俺に刃《やいば》を向けてくる奴がいればためらわず殺す。命を奪うことは罪かもしれねぇが、それでも俺は戦場に出れば容赦なく敵を殺す。それをやめることは決してない。綺麗事に聞こえるかもしれねぇが、この手で奪った命の重さは死ぬまで背負っていくつもりさ」

淡々と語られたライナスさんの一言一言が、僕の心に重く突き刺さる。それは理屈では理解できても、戦争を知らない時代に生まれ、平和と豊かさを享受して育った僕が実感できないことだった。

「確かに戦場を知らない私が何を言ってもそれは絵空事だというのは分かる。お前……、いや将軍殿の信念や覚悟もよく分かった。それでも、将軍殿と双璧《そうへき》をなす『血染めの狼王』の残忍さは度を超えているのではないのか？」

『血染めの狼王』、そう口にしたリアンさんの顔が、今度ははっきりと嫌悪に歪《ゆが》んだ。獣人国バルデュロイの狼王とは、それほど残虐非道な人物なのだろうか……。

「普段の王のことは私には何も分からない。だが、ひとたび戦場に出れば血に飢え殺戮そのものをこよなく愛し、逃げ惑う兵からも慈悲なくその命を刈り取っていく。敵兵の屍《しかばね》の山を築き、愉快愉快と高笑いを響かせ、狂気の雄叫《おたけ》びを上げながら皆殺しにする……。殺した人間の血肉を貪《むさぼ》るとも……。国で人間共がそう噂《うわさ》するのを何度も聞いたぞ」

「そんな……」

それは僕が初めて聞く話だった。噂には得てして尾ヒレがつくものだし、ましてや敵国の王に対する噂だ。印象操作をされているということもある。だがそうだとしてもそこには少なからず真実も紛れこんでいるのだろう。

「それは違う、誤解だ！　……って言えねぇのが辛《つら》いとこだなぁ」

「否定……しないんですか？」

「しないんじゃない、出来ねぇんだよコウキ。もちろん全てが真実じゃねぇよ。特に血肉を貪るなんてしたことはねぇ。だが、戦場に出たあいつが俺とはまた違う狂気に呑《の》まれていくというのは事実だ」

ため息混じりに吐き出されたライナスさんの声には、快活な彼らしくもない苦悩がありありとにじんでいた。

「いくら戦場が殺し合いの場といっても、ギリギリ最低限暗黙の掟《おきて》ってやつはある。ウチの大将はちぃとばかしやりすぎて、いつもその一線を越えちまうんだ」

「そんな王の下へと貴様はコウキ様をお連れするというのか！」

「ああ、それが俺の役目だからな。だが、約束する。戦場でなければ大将も常に狂気に呑まれているわけじゃない、俺がコウキを守ってやるよ」

その言葉を頼もしいと思いながらも、正直なところその狂った王が僕の命を欲しいというのであればそれはそれで良いのにと考えてしまう自分がいるのも確かだ。

きっと僕はもうどこか壊れてしまっているのだろう。この世界で、あの国でされた仕打ちで気がつかないうちに大切な何かを僕はなくしてしまったに違いない。

そんな思いを二人に知られたくなくて、僕は口を閉ざし馬車の窓から見える光景に意識を向けた。

だけど窓の外には、僕の心を明るくするものは何一つとしてなかった。僕が長らく囚《とら》われ搾取され続けてきた神聖王国ロマネーシャの領地は、今や見る影もなく荒野の様相を呈している。かつては見渡す限りに広がっていたであろう黄金色に輝く麦畑も、大部分が耕作放棄され、今ではところどころに弱々しい雑草を生やすのみだ。

無論、荒廃しているのは農業地帯だけではない。戦火に呑み込まれた大きな街も小さな村も、等しく黒い廃墟《はいきょ》と化し破壊された日常をこれでもかと伝えてくる。

しかし、何よりも僕の心を責《せ》め苛《さいな》むのは難民のような状態になった市井の人々だった。老若男女の別なく誰もが皆一様に疲れ果て、光を失った目をして座りこみ、あるいは当《あ》て処《ど》なく彷徨《さまよ》っている。

そんな彼らの様子に今まで虐げられていた獣人の騎士たちが眼《め》を光らせている。殊に薄汚れた身なりのまだ幼い子供たちが、痩《や》せ細《ほそ》った体を寄せ合い震えている様には胸が詰まった。戦争に敗《ま》けるということの本当の意味を、僕は初めて理解した気がする。

あの子供たちからすれば、僕は最低最悪の裏切り者なのだろう。紛《まが》いものの『聖女』、皆を騙《だま》し戦へと駆り立てたペテン師。それは僕が意図して望んだことではなかったけれど、時と場合によって人は能動的に動かずとも、存在そのものが他を害してしまう。

率直に言って、僕はこの国が嫌いだ。

それでも目の前の人間を罪人だとは思わない。この光景に胸を痛めるほどには僕にもまだ正常な心が残っていたらしい。

「これでも略奪や民への迫害はまったく行ってないんだぜ？　むしろ物資の援助をしてるくらいだ。言い訳にしか聞こえねぇと思うが、この国の一般市民は俺らが侵攻する以前からこんな状況だったらしいからな」

「……そうですか」

僕の感傷を振り切るようにして馬車は進む。振動の少なさから錯覚していたが、思っていたよりもずっと速い。

そうして馬車はいつしか神聖王国ロマネーシャの領地を抜ける。僕の常識と同じようにこの世界も太陽が東から昇るのであれば……今は西へ西へ、そして南へと――獣人国バルデュロイに向かってひた走る。


馬車が走り続けるにつれて周囲の風景はいつの間にか様変わりしていた。

荒れた大地の代わりに、生い茂る木々が視界に入るようになってくる。馬車の窓から舞い込む空気の匂《にお》いがしっとりとしてきた。ついに四方は完全に森のような景色に変わる。

緩やかに曲がる道を馬車は軽快に進み続けた。

「随分と木々が増えてきましたね……」

「そうだな、俺らの国はこの世界のほぼ半分を占めてるがほとんどが森みたいなもんだからな。獣人が多い国だが、本来は亜人種が集まって出来上がった国だ」

「それでは……今向かっているというバルデュロイの王都も森の近くにあるのですか？」

「森の近くっつーより……んあー、これも説明するより見た方がはえぇな」

獣人が国民の大半を占め、様々な亜人種が共存するという多民族国家バルデュロイ。その王都は一体どんな様子なのか。

そこで自分にどんな運命が待ち受けているのか分からないにもかかわらず、僕は自分の中で騒ぐ好奇心の声を久しぶりに聞いた。

この後も馬車は途中一回の休憩を挟んだだけで、順調に走り続けた。なぜかリアンさんの個人情報を聞き出そうとしては、素っ気なく突っぱねられているライナスさんを見ていると心が和む。

リアンさんはもう奴隷ではないのだ。ライナスさんたちが持っていた道具でその首から奴隷の証《あかし》である首輪はすでに外されている。言いたくないことは無理に答えなくても良い。リアンさんはもう自由なのだから。

ただもし時間が許すなら、リアンさんにもう少しソフトな拒否の仕方を教えてあげたい。でも出来れば少しでいいからライナスさんと言葉を交わして欲しいというのが本音ではある。あの地獄のような日々の中でも僕に語りかけ続けてくれたリアンさんは、きっと本当は誰とだって言葉を交わせる人だから。

緑一色の景色はさらにその色を深めていき、馬車はもう完全に森の中を潜《くぐ》り抜《ぬ》けているような状態だ。今まで神聖王国で与えられてきた本自体が検閲によって内容が偏っていたこともあって、この世界の地理上の位置関係を正しく把握できている自信はない。だが、恐らく北東の方に存在していたのが神聖王国ロマネーシャ、そこから南西へ向かってたどり着いた、目の前に広がる森はこの世界の中央部なのだろうか。

獣人の国――バルデュロイとそのほかの地域を隔てる天然の防壁のように立ち並ぶ樹木、そのどれも一人では腕が回らなそうなほど立派な太さだ。

この森は遥か昔から存在しているのだろう。だが重なり合う葉はどことなくくすんだ色をしている。緑色にみずみずしさがないというか、生き生きとした新芽があまり見当たらないような。もともとこういう色味の木なのだろうか。見上げる樹木だけではなく下草も茂みも、なんとなく森全体に活力がないように見えてしまうのは僕の気のせいなのか。

「立派な森ですね」

そう呟《つぶや》くとライナスさんは身を乗り出して馬車の窓から外を覗《のぞ》く。空を眺めるように上の方へと視線を送る。

「いや、一番ご立派なやつはまだ見えねえな。森林地帯を過ぎて視界が開けりゃあもっとでかいのが拝めるぞ」

森の外にもっと大きな樹があるというその言葉を正しく理解できたのは、それからまたしばらく馬車に揺られてからのことだった。

最初、それが「何」なのか理解できなかった。森を抜けると一気に馬車に白い日が差し込み、風が草原を撫でて抜ける音が細く高く響く。

そして、視界が一変した。緑に覆われた丘陵をなだらかに街道が通る美しい景色……え、何だあれは……。大きい。現実とは思えないとてつもなく大きな樹木がその向こうに鎮座している。

すごいな、高層マンションくらいあるんじゃないかと一瞬思ったが、周囲の城壁と街並み、そして王城であろう立派な建築物がその巨大樹のふもとに小さくひしめいているのに気づき、自分の縮尺の理解が間違っていたと気づく。

大地そのものが腕を伸ばして天を摑もうとしているかのような幹。城下町をまるごと抱え込むほどの樹冠。高層ビルなどというレベルではない、ビルを縦にも横にも何百本も束ねたらああなるだろうかというほどの大きさだ。

言葉を失いながらも、いつか本の挿し絵で見た簡略な世界地図を思い出す。確か中央付近に樹の絵が描いてあった。あれはこのあたりは森だという意味のマークなのかと思っていたが、違う。現実に世界の中央にそびえるこの樹一本のことを指していたのだ。

現れた大パノラマの景色に圧倒されてぽかんと口を半開きにしている僕をライナスさん

は正面から覗きこみ、期待通りの反応だと言わんばかりににやりと牙《きば》を見せて笑う。

「獣人に亜人種に人間、他にも数多の種族を内包する多民族国家バルデュロイにようこそだ、お二人さん。いや、一人はお帰りなさいか？」

あの樹のふもとにある街がライナスさんの国、バルデュロイ。……リアンさんにとっては久しぶりに見る故郷なのだろう、二度と目にすることはないだろうと思っていたはずの景色だ。

彼は今までに見たことのない顔をしていた。わずかに震える肩。言葉にならぬ気持ちを噛《か》みしめるようにぐっと表情を引き締めている。

「驚いたろ？」

「それはもう……今この目で見ているのに、見えているものが信じられません」

「あの樹は生命の大樹と呼ばれててな、この世界に文明が出来た頃にはもうすでにあの大きさで存在してたって話だ。後でもっと近くから見せてやるよ、でかすぎて近づくと逆に何も見えねえけどな！」

それは確かにそうだろう、あの幹を間近で見たらそれはもう木製の絶壁にしか見えまい。ふもとの城が目的地だと指をさす。

あの場所でバルデュロイの王が僕を待ち構えている。そう思うと巨大な樹に少し沸き立っていた心が再び緊張と恐怖に縮こまる。ライナスさんの大丈夫だという言葉を信用しないわけではないが、それでも「血染めの狼王」と呼ばれる人物にまみえるというのは恐ろしかった。

死ぬのは恐ろしくないと、その気持ちは今でも変わらない。だけど、自分の身に何が起こるのかという不安がないわけではない。それでも、今はもう一度その気持ちは封じ込めておこう。

近づく景色、遠くからは生命の大樹との対比のせいでミニチュアのように見えていたバルデュロイの街の大きさに再び驚く。どこまでも続く高い城壁に沿って馬車は進む。森に潜む小さな街などではない、これはとんでもなく大きな街と国家だ。近づけば街に出入りするいくつもの馬車や荷車とすれ違う。ふと目にする獣人や、何か不思議な種族の人たちは皆活気に溢《あふ》れているし、山盛りの荷物からして経済活動も活発なのだろうと察する。

街の中も見られるかと思ったが、「悪い」と言いながらライナスさんが馬車の窓に巻き上げていたカーテンを下ろした。ああ、一応僕はまだ大っぴらに出来ない来訪者なのだろう、街の人から姿を隠された。

城壁を抜け、街中をずっと進む間、だんだんと緊張が増してゆく。僕のそんな様子を察して、リアンさんは静かに僕に真剣な眼差《まなざ》しを向けてきた。いざという時が来ればこの身に代えてもあなただけはと言外に語る。その気持ちは本当にありがたい、けれど……。

神聖王国の城は人工的なレンガ造りのようだったが、こちらの城は切り出した白っぽい自然石を使っているらしく、その佇《たたず》まいに飾り気はないものの歴史と力強さが窺える。城も見上げるほどの大きさ、そしてその向こうの生命の大樹は……もう見ているだけで意識を呑まれてしまいそうだ。

＊　＊　＊

城内の庭のような場所で馬車は停車し、まずはライナスさんが大きく伸びをしつつ降車する。そして着いた着いたと言いながら僕をひょいと抱え上げてしまった。即座にリアンさんが警戒の表情を見せるが、この城内でライナスさんに対して言葉を荒らげるのはまずいと思ったのか押し殺した唸《うな》り声だけを漏らす。

「あのっ、歩けます。杖《つえ》があれば大丈夫です。下ろしていただけませんか」

「やだ。少しばかり役得がねぇとな。つーわけで長旅でお疲れの聖女様はどうぞごゆっくりぃ。いや、ここまで来たんだ、御子《みこ》様って呼ばしてもらうかなぁ」

「ライナスさん……、だから御子とは……」

ふふんと僕の抗議を軽く流したライナスさんに運ばれ、ずんずんと進む先は王宮の中。出入りする門も大きい。平均的に人間より大柄であろう獣人サイズなのか、造りが豪華なだけなのか。周囲には騎士と思《おぼ》しき姿の獣人が何人も、皆ライナスさんが抱える僕と、険しい顔のまま後ろを歩くリアンさんを注視してくる。

たどり着いた先は広い部屋だった。高い天井を支える柱に壇上の椅子《いす》。謁見用の場所なのだろうか。ここに今からバルデュロイ王が来るのだろうかと思ったが、急に背後から声がかかった。柔らかいのに何か言い聞かせるような、不思議な響きの声だ。

「ライナス殿、そこではありませんよ。こちらです、控えの間です」

振り返った先にいたのは呆《あき》れたような顔をしたとても背の高い男性。柔らかくウェーブを描く長い髪に、何ヵ所も葉っぱが絡んでいる？　長いローブ姿なので体の線は見えないが華奢《きゃしゃ》な人だ。もしかすると人間ではないのだろうか。僕とも、神聖王国で見てきた人間たちとも雰囲気が明らかに違う。

すらりと背の高い彼の薄茶色の巻き毛は腰あたりまで伸びており、切れ長の眼は翡翠《ひすい》の色をしていた。この世界にいるかは分からないが僕の認識ではゲームによく出てくるエルフという種族はこんな風に美しい容姿だった気がする。

全員で控えの間という場所へ移動。先ほどの広々としたホールとは違う普通の部屋だった。調度品は木製で統一されていて、使いこまれた飴色《あめいろ》の机や椅子がアンティーク感を演出し、壁際には古書が並ぶ本棚、窓辺に花飾り。どこか懐かしさもあり気持ちが落ち着く可愛《かわい》らしい部屋だった。

おかけくださいとローブ姿の彼が椅子を引いてくれて、ライナスさんがそこへ僕を下ろす。その時、ローブ姿の彼の髪を飾るように絡んでいると思っていた葉っぱや小枝が、髪と同じくその体から直接生えているのに気づいて思わず小さな声を漏らしてしまった。

「樹人をご覧になるのは初めてですか？」

「あっ、すみません……！」

「いえ、お気になさらず。初めて見る方は皆驚きます。私の種族は樹人。生きる森の恵みのような者とでも思っていただければ。リンデンと申します、どうぞお見知りおきを」

うやうやしく一礼する彼もまたこの城で重要な役職に与《あずか》る人なのだろう。穏やかな物腰の中に深い理知の雰囲気が漂う。獣人が獣混じりの人間なのだとすると、樹人というのは植物が混じった人間なのだろうか。

「モリムラ、コウキです」

戸惑いながらそう名乗ると優しい笑みと頷きが返ってくる。

名前、それに聖女として祀られていたという事情、リアンさんと共に逃亡していたが発見されて護送されてきたこと。僕の経緯についてはすでに情報が回っていて把握済みなのだろう。

「道中、失礼はありませんでしたか？」

「はい、ライナスさんにはご親切にしていただいて」

「そうですか。……今日まで随分とご苦労をなさったことでしょう。これよりはこの地にて心穏やかにお過ごしください。御子様にこの国に来ていただけたこと、心より感謝いたします」

また『御子』だ。ライナスさんからも頻繁に呼ばれていたが、リンデンさんははっきりと僕を『御子』と呼ぶ。『御子』とは一体どういう存在なのだろうか……。

リンデンさんの視線は僕の身なりや体に注がれていた。逃亡生活のうちに痩せたというかやつれた顔や体、脚を悪くしているという点も伝わっていたのだろう。だがその視線にあるのは慈しむような色だけで、少しも不快ではなかった。じろじろと好奇の目で探るわけでもない、憐《あわれ》みや同情でもない、純粋な優しさだけで僕の身の上を嘆いて労《いたわ》ってくれたように感じた。

この人は出会ったばかりの僕に、しかも敵国の人間であった僕にどうしてこんなに丁寧に敬うように接してくれるのだろう。

「そうですね、本当はお休みいただいてお食事にしたいところなのですが、じきに王が戻られます。謁見になりますのでお召し替えをしていただきたいのですが」

このくたびれた着たきりの服で王の御前に出るわけにはいかない、言われてみればその通りだ。替えの服を貸してくれるというのはありがたい。よろしくお願いしますと頭を下げると途端に部屋の中に数人の侍従らしき人たちが雪崩《なだ》れ込み、皆が一斉に声を揃《そろ》える。

「こちらです！　失礼します！」

そして僕は抱え上げられた。驚いたが抵抗する隙《すき》もなかった。

着替えだけなのかと思っていたので、大浴場の風呂《ふろ》に入れられた時には驚いた。逃亡生活中はせいぜい体を拭《ふ》くくらいしか出来なかったので熱い湯に浸《つ》かれるというのは本当に嬉《うれ》しかったのだが、そのために服を脱ぐのも他人の手、髪や体を洗うのも他人の手となるともう緊張しかない。自分で出来るのに、という言葉が喉まで出かかるが逆らうことも出来ずにされるがままとなり、体は見事にリフレッシュしたものの精神的にはどっと疲れた。

風呂上がりにはまだ全裸だというのに寝台のような場所に運ばれ、まずはうつ伏せにされて背中側にぬるりと生温かい何かを塗られた。

「うわっ、何」

「香油でございます。お体を温めて肌の調子を整える効果のあるものですので、どうぞ楽にしていてくださいませ」

楽に出来るわけがない。それこそとんでもない場所にまで遠慮なくぬるりと這《は》い回《まわ》る手、塗り込まれるほのかに甘さの香る油。恥ずかしいし、正直くすぐったくて、くすぐったくて……!!

手足の指先まできっちり全身へ香油を塗り込まれる過程で笑い声を上げてしまわないように必死に耐えていたら体力を使い果たした。体に力が入らない。

次の行程は着替えだった。用意されていたのは、豊かな緑を湛《たた》えるこの国を表すような美しい新緑の色のワンピース型の衣装、揺れるすそに艶《あで》やかな白い糸で精緻《せいち》な刺繍《ししゅう》が施されていて、まるで木漏れ日のようだった。綺麗《きれい》な服だが正直自分に似合うとは思えない……と思いつつも用意してもらった服にケチをつけるわけにもいかず、大人しく着せられる。

サイズがぴったりだった。測ったようにぴったりだった。まさか僕の体格まで事前に情報が回っていて、今まさに仕立て上げられたばかりの服なのだろうか。それともどんな体格の客人が来てもいいように同じような服があらゆるサイズで用意されていたのだろうか。どちらにせよその用意周到さが少し怖い。

リンデンさんの采配《さいはい》なのだろうか。僕の髪を梳《と》かしながら、よくお似合いですと微笑《ほほえ》む侍従さんにそっと問いかける。

「あの、さきほどのリンデンさんってどういった立場の方なのですか?」

「宰相様でいらっしゃいます」

宰相といえば、僕が知る地位と同じであれば恐らくかなり偉い人だ。ライナスさんが武官のトップなら、リンデンさんは文官のトップなのだろうか。

こうして身支度を終えて戻ると、ライナスさんが第一声を上げる。

「おっ、いいじゃねえの。こいつの趣味はちょっとアレだからな！　心配してたんだが悪くねぇぞ」

ごん、とリンデンさんがかなり分厚い本の背をライナスさんの頭に落とした。さっきから周囲を警戒するのに必死な様子で黙りこくっていたリアンさんも、僕を見て表情を緩める。

綺麗に洗ってもらえて良かったと思ってくれているようだ。

「御子様、お疲れのところに申し訳ありません。そちらは豊穣《ほうじょう》の御子の装束として用意させていただきましたが、着心地はいかがですか？　それにしても、とてもよくお似合いで……想像の遥か上を行く着こなしで……頑張ってデザインした甲斐《かい》があったというものです……！」

「あ、あなたがデザインを」

「ふふ、歴史書や法務関連の書物は普段から読《よ》み漁《あさ》っているのですが、縫製や被服に関する技術書や図案集は今回初めて手に取りました」

「これを作るためにわざわざ勉強を」

「素人の付け焼き刃ですが御子様にお気に召していただけたのでしたら幸いです」

綺麗な服だとは思うが、主に下半身が心もとない。本当にこれが僕に似合っているのだろうか……。しかしやはり御子、『豊穣の御子』。

これは何を意味しているのだろう。神聖王国では聖女とされたが、ここでは同じものを御子と呼ぶ習わしなのだろうか。

「黒というのも美しいものですね。せっかくの漆黒が随分と傷んでしまいましたが、これから毎日手入れをすれば髪の艶《つや》も取り戻せましょう。瞳も高く澄んだ冬の夜空のようで、つい覗きこみたくなる奥深い色です」

僕の頭を眺めてリンデンさんは詩的な囁《ささや》きをこぼす。今、褒められたのか？　黒髪と黒い眼、どちらも縁起が悪いだの不吉だのと言われてきたので、急にそんなふうに褒められると戸惑ってしまう。

再び席に座らされると、目の前には切子《きりこ》ガラスのように彫刻が入った美しいグラスが置かれていた。中に入っている緑茶のような澄んだ液体とグラスが光を乱反射して飲み物自体をきらきらと輝かせている。

水分をどうぞ、とリンデンさんに勧められた。お風呂上がりなのでお茶がもらえるというのはありがたい。少し口に含んでみると、味わったことのない風味ではあったが普通にお茶として楽しめる味で安心した。

半分ほど飲んで机にグラスを置く。その曲面に反射して映るリンデンさんの姿。背後に感じる視線。振り向くとリンデンさんが表情を隠すような真顔で僕を見つめていた。ライナスさんはそんなリンデンさんを無言でちらりと見ている。

「……よろしければ、全部」

「あっ、はい」

少し不自然なその言葉が引っかかった。全部。全量でなくてはならない、そうでなくては正しく機能しないということか。恐らく何か混ぜられているのだろう。だがこの場で僕に拒否権などないし、恐らく危険なものではない。理由はないがそう思った。

恐らくこの一杯は何らかの必要性があって用意されたのだ。だがリンデンさんの表情は不思議とこちらを気遣ったもののようにすら感じられた。これはきっとこの先起こる何かに必要なことなのだろうと納得し、残りをそのまま喉へと流し込んだ。

再びライナスさんに抱えられ、さっきの謁見の大広間へと向かう。良い匂いすんなぁとライナスさんが僕の首筋に顔を埋《うず》めてきたので驚いたが、その瞬間、ライナスさんの頭にまた本の背が鉄槌《てっつい》となって落とされる。

手が滑りました、と薄い笑顔で言うリンデンさん。その後ろでリアンさんが樹人に先を越されただと……みたいな顔《さわ》をしていた。

良い匂いというのは薄く爽やかな植物の香りがするこの香油のことなのだろうが、相手が獅子の耳をつけた獣人なものだから、なんだか腹にハーブを詰められた鶏になった気分だった。

謁見の間の前にはさっきはいなかった何人もの衛兵が並んでいた。あたりに漂う張り詰めた空気、王がもう来ているのだとすぐに分かった。

さすがに謁見の間には同席できないと言われたので、リアンさんは控えの間で待ってもらっている。開かれる扉。静かに前を進むのはリンデンさん。左右にずらりと並ぶ鈍い鉄色の鎧《よろい》の兵士の間を堂々と歩んでいく。

最奥の玉座、そこに座る大柄な影のもとまで進み出る。膝《ひざ》をついて王への一礼。そして一言、大きくはないのによく通る声で告げる。

「御子様のご到着です」

その発言に打たれたように衛兵たちは一斉にその場に膝をついた。やはり、御子様というのは僕のことなのだろうか……。そして、僕を抱きかかえたままのライナスさんが中央の濃紺の絨毯《じゅうたん》を進みゆく。この肌がぴりぴりするほどの緊張の中をこの恰好《かっこう》のまま進むのかと驚愕《きょうがく》したが下ろされても歩けはしないし、杖を貸してはもらえないだろう。

武器ではないとはいえ王の前に長い物を持って近づくのが許されることでないのは僕にでも分かる。

このまま行くしかないと覚悟を決めてライナスさんをそっと見上げる。獅子の視線が真《ま》っ直《す》ぐにとらえるのは玉座。ここまで来てしまったのだ。もはやこの身がどうなろうと受け入れるしかないと分かってはいるが、やはりわいて出てくる恐怖からか僕は自然と玉座を直視することは出来なかったのだが、ガタンと急に響いた音に驚いて顔を上げた。

それは、玉座の影が何かに耐えかねたように立ち上がった音だった。

そして僕の視線の先、そこに存在していたのは白銀の毛並み、きりりと三角形を作る獣の耳。その下にある獣の顔に、僕は思わず息を呑む。

あの姿は……獣人ではない。獣人は人間の姿に獣の耳と尾があるだけだ。けれども僕の視界の中にいるあの人は……バルデュロイ王は本物の獣だ。

長いマズルと黒い鼻、口元から覗く隠しきれぬ牙の列。獰猛《どうもう》な狼の顔がそのままそこにあり、その下の太い首も全てが白銀の獣毛に覆われている。王の身を飾るのにふさわしい威厳と豪奢さを備えた衣服、その袖《そで》の先から出ている手も毛皮の色。体のシルエットは人間だがあまりに大きく、逞《たくま》しい。

そんな狼の王と視線が合った。僕を真上からねめつける眼は暗がりに置かれたサファイアのような淀《よど》んだ青。狼の顔がはっきりと歪み、どこか苦しげで忌々《いまいま》しげな表情を描き出す。一瞬にして鳥肌が立った。

僕は慌てて顔を伏せる。しまった、やってしまったかもしれない。あの国《ロマネーシャ》でも言われていたことだ、身分の高い人を直接じろじろと見てはいけないと……。

「人間だとは聞いていたが……」

絞り出された低い声。獣の喉から人間の男の声が、鼓膜を刺す鋭さと威厳をもって放たれる。王が重たい靴音を立てて歩み寄ってきているのが見なくてもはっきりと分かる。

僕を抱きかかえるライナスさんの腕にぐっと力が籠《こ》もるのを感じたが一瞬遅かったか、僕は胸倉を摑まれる形でその腕の中から一気に引きずり出された。

「あ……っ！」

聞こえたのは狼の王の舌打ち。そして放される手。その場にくずおれてうずくまると頭上でライナスさんが今までとは違う感情を抑えた声で王を制するのが聞こえた。

「エドガー、手荒な真似《まね》はよせ」

「黙っていろ。……本当に人間がそうだというのか、この者なのか……『豊穣の御子』は」

「間違いねぇと俺が言うよりも確かなものがあるだろ。誰より本能で感じてるんじゃねぇのか？　お前自身が」

再びの舌打ち。そして頭上、遥か高い位置から声が降ってくる。

「立て」

エドガー、と再びライナスさんが先ほどより強い口調で王の名を呼ぶが王はそれを無視してじっと僕を見下ろしていた。

逆光に黒く染まる狼の顔。駄目だ。怖い。体が動かない。自分の中の覚悟とは一体なんだったのだろう。自分が情けなくてここから消え去ってしまいたい。

ライナスさんが僕を庇《かば》うように狼の王へと何かを話してくれている。それでも、僕を見下ろす感情の読めぬ狼の王の淀んだ瞳が恐ろしい。

だが、命令には従わなければ。そもそも僕はこの国にとっては憎むべき罪人。これ以上王の不興を買ったら僕だけではない、もしかするとリアンさんにも害が及ばないとは限らない。この世界に来てひどい目にはもう何度も何度も遭ったが、耐えて生きてきた。僕は今日まで耐えたじゃないか。

それならば終わりが来るとしてもあと少しだ、この恐怖を乗り越えて立つだけだ。それくらい出来ないでどうする。

震える体を叱咤《しった》し、なんとかバランスをとって片脚の力だけでよろよろと立ち上がる。歩くことは出来ないが、立つくらいなら……。

僕の様子に気づいたライナスさんが僕に駆け寄ろうとするが王の手によって行く手を阻まれる。

そして、立ち上がってもその獣の頭は僕のずっと上にあった。

「人間」

「……はい」

「お前は今より『豊穣の御子』としてこのバルデュロイの地に根ざすのだ。分かったな」

その言葉の意味は分からなかったが、はいと頷く以外に選択肢はなかった。頷いてから気づいた。神聖王国で『聖女』と呼ばれて祀られたのと同じことが始まるのだと。

『聖女』としての日々がここでは『豊穣の御子』と呼ばれるものに変わるだけだ。やはり呼び名と場所が違うだけで、再びあの暗雲の日々が訪れる。

殺された方がましだったかもしれないと思ったが、王の言葉からもそれはないようだ。彼はこの地に根ざせと僕に告げた。だけどどうにも腑《ふ》に落ちないのは、王の側近であろうリンデンさんとライナスさんの言葉や人柄。僕をあの『聖女』と同じ存在として必要とするのであれば強い違和感を覚える。

そして何より、この目の前の狼の姿をした王。確か『血染めの狼王』と呼ばれていたはず。

歪んだ表情。そして僕に対する嫌悪は見える。けれどそれだけではない。彼は……苦しんでいる……？　それに気づいて、目の前の獣の王に対する恐怖が自然と薄らいでいく。

冷酷非情とリアンさんが語った王。だがそれだけが目の前の王の本質ではないのだとなぜか僕の中の声が訴えかけてきた。

「意味が分からぬか？　お前は我のモノになるということだ」

「はい。承知いたしました」

それは自然と口から出た言葉。なぜだろうか、それが当然のことのように思えてしまい、深い考えはなかったように思う。

そんな僕の様子にライナスさんとリンデンさんがどこか悲痛な表情をしているのが視界に入る。

その途端、抗《あらが》いようのない力で狼の王に抱き寄せられたかと思うとその手が——獣の指先が僕の心臓の上へと向けられる。人間とはまるで違う獣人の膂力《りょりょく》。それは、王からすれば軽く撫でただけだったのかもしれない。

しかし、立てられたのは爪《つめ》。鋭い切っ先で新緑の色の服と一緒に僕の胸元が裂かれた。赤い線が並んで走ったかと思うと瞬く間に溢れた血で赤く染まり、衣服がみるみるうちに深紅に染まる。遅れてやってきた痛みに思わず叫びそうになったが、耐えた。なんとか食いしばって声を呑み込んだ。

嫌だとか痛いとかやめてだとかわめいてはいけない。今さっき僕はこの狼の王の所有物になったのだ。彼に従うこと。それが僕に課された新たな使命なのだろう。

ぼたぼたと絨毯に落ちて染みを広げてゆく赤い雫《しずく》。ぐらりと視界が揺れた。どうしてか急激に意識が遠のき始めるのが自分で分かった。

まさか失血死するほどの傷なのだろうか、これは？　それともいわゆるショック状態というやつなのか？　よく分からない。思考が働かない。ライナスさんの怒号にも似た声が聞こえる。やりすぎだ、何を考えてやがる、と王に噛みついている。そんなライナスさんとは対照的に冷静な表情のリンデンさんが駆け寄ってくるのが見えた。

片脚からついに力が抜けたその時、僕を受け止めた腕は誰のものだったのか。それは僕には分からない。

三章

次に意識を取り戻した時、僕は自身が置かれている状況が呑《の》み込《こ》めずに茫然《ぼうぜん》とするしかなかった。分かったのは仰向けに寝ているということ。

天井には黒い影絵が揺れる。壁の明かりで出来たそれは獣の——狼《おおかみ》の影。バルデュロイ王の姿。恐る恐る視線を下げるとそこには彼がいた。上半身の衣服を着ていない生まれたままの姿。やはり全身が毛皮に覆われている。謁見の間では白銀に見えたがこの薄暗い部屋ではまるで黒鉄《くろがね》のように見えた。

獣人は人間と少し違うだけの種族としてすぐに受け入れられたが、この王の容姿は完全に二足歩行の獣にしか見えない。すっと伸びているマズルに捕食者の眼光。人にはない原初的な威風と野性味が狼の姿に満ちている。うつむく視線の先にあるのは人と同じ五本指。だが王の手にはやはり獣の特徴が強く出ていて、鋭い爪《つめ》を持ち、節くれだった無骨な形を毛皮が包んでいる。

そして裸なのは王だけではない。僕も脱がされていた。胸元だけは当て布と包帯が巻かれていたけれど、それ以外全《すべ》てが取り払われていて、ここは間違いなく寝台の上だった。

何が行われるのかはすぐに分かった。『聖女』としての仕事を求められたように、『御《み》子《こ》』としての役割を求められているのだ。

この体を。特別な力を持つという体液を。僕という人間は価値ある液体を包んでいるだけの袋に過ぎない。さっきは勢い余って破ってしまったのだろう。そして今は僕という容《い》れ物の所有者である王にその中身を探られている。そう分かった途端に恐怖も羞《しゅう》恥《ち》心《しん》も消えた。

大丈夫。耐えられる。あの国ではもっとひどい目にも遭ったじゃないか。

「我は人間が嫌いだ」

不意に響く掠《かす》れた低声。わずかに乱れ、荒れた吐息が混じる。ぐっと僕の太ももを押し広げる大きな手。初対面の相手の目の前で大きく両足を開かされている。自分で自分の現状を認識したくなくて思わず目を閉じる。

「臣民の中にも人間はいる。それらを特別虐げる気はないが人間に近づかれたいとは思わん。特別信用する気もない、関《かか》わるつもりも！　そこに存在し、役割を果たすだけであれば人間であれど気にはしなかった。それなのにお前は……!!」

僕は何かしたのだろうか？　僕なんかがこの人に対して出来ることなどないのに。薄く眼を開ければ焦燥感を募らせた表情の獣がいた。顔は狼なのに表情は分かるのだなと不思議と僕の中の冷静な部分が告げてくる。王はその顎《あご》をゆっくりと開くとべろりと僕の下腹部からへそのあたりを舐《な》めた。その生温かく湿り気を帯びた感触にぞくりと体の奥から変な感覚が突きあがる。

舌はさらに体の正中線をなぞって包帯の真下までたどり着く。鼻先が包帯の上に押しつけられ、血の匂《にお》いをかがれていると気がついた。それと同時に下腹部に何かが押しつけられる。ぐいと腹を押し上げる熱い、硬さのある感触。それが何かなんて考えるまでもない。だがそのずっしりとした質感だけで分かる。僕を軽々と組み敷けるその巨大な体軀《たいく》相応に、下手をしたらそれ以上にある大きさのモノ。見て確かめるなんて怖くて出来るわけがない。

すっと血の気が引くのを感じる。入れるのか……。本当に入るのかこんなものが。神聖王国でさんざん同性の交わりは経験してきた。だが、どれだけ慣らされても潤滑油のようなものを使われても、そこが押し広げられたまま擦り上げられる痛みと違和感はひどいものだった。心が伴わない交わりというのは苦痛しか生まないのだという事実はこの身が一番よく知っている。

だが今度ばかりは、今目の前にいる獣の王が持つそれは、耐えていれば終わるとは思えない、その前に自分が壊れてしまう……。

けれどもここで拒否したところで何になる。

はっきりと言われてしまった。人間は嫌いだと、ならば言葉にしたところで逆効果。抵抗や逃げるという行動に意味はないだろう。この体格差でそれが成功するとも思えないし、ここは目の前の王が治める国、逃げ道はどこにもない。

ならばせめて、せめて優しくして欲しい。そんな願いを込めて、自らの腕を伸ばした。肩を動かしたら胸の傷が痛んだ。両腕をそっと獣の上半身に絡めて抱き着く。

人間は嫌いだと言っていた王。この行為は逆効果になる可能性もあった。ある意味賭《か》けだったがなぜか自然と体が動く。心の奥からわき上がってきた声が再び僕にこの王に寄り添えと伝えてくる。そして、その賭けは成功とも失敗ともつかない結果をもたらす。

指を埋めた毛皮は硬い手触り。明らかに荒れていた。王なのに、従者たちに手入れされていないのか。いや、この王自身がそれを許さないのかもしれない。王が動きを止め、驚きに揺れた視線が僕をとらえる。

「お前、何を……どういうつもりだ！」

それには答えず、ただ腕に力を込めて抱き着く。これが正解だと僕の中の声が告げていた。わずかに僕の背が浮いて体同士が密着する。

胸の傷が、痛いと感じた。その瞬間、後ろにそれを宛《あて》がわれ、貫かれた。ほんの少し、多分半分も入っていないが太い部分が一気にめり込んできた。その圧迫感に言葉を失いのけぞる。右足だけがつま先を痙攣《けいれん》させている。

「あっ……!!　ああ……」

痛い……。胸が痛い……だが、我慢が出来ないほどではない。だけど、下は……ああ、どうして……。なぜ大丈夫なんだ、でも違う、この感覚は間違いじゃないといけないはず。

どうしよう……、気持ちがいい。王と繋《つな》がった快感が腹の奥から波打って押し寄せ全身を呑み込む。嘘《うそ》だ……絶対にあり得ない……。

いくら経験だけはあるといっても挿《い》れられただけでこんなことになるはずがない。そんな僕の脳裏をよぎったのは謁見の直前にリンデンさんに勧められて呷《あお》ったグラス一杯の液体。そうか、胸を引き裂かれた後に急に意識が酩酊《めいてい》したのも、今、体を暴かれている痛みもろくに感じずに快楽ばかりを増して拾い上げているのも、あのお茶に入っていたもののせいか。

きっと胸の傷もそのおかげでかなり痛みが鈍っているのだろう、本当なら動くことも出来ないほどの激痛なのかもしれない。

あの時、リンデンさんが全てをと告げたのはこのことを、僕が王に抱かれることを予想していたから？

だからといって彼を恨む気にはなれなかった。これは避けられない未来で、あのグラスの飲み物は彼の優しさに違いないから……。

理解は出来たがそれでも体は追いつかず、王の厚い獣の胸板に顔を寄せたまま必死で呼吸を整える。その間にも少しずつこじ開けられ奥へと進まれる。

中を埋めていくのは灼熱《しゃくねつ》。あつい。ああ、お願いです。それ以上動かないで。気持ちが……いいんです、本当に、これ以上は！ 全てを声に出してしまいたかった。

だが、それが王の不興を買うことになるかと思えば胸の中で声なき声を上げ続けることしか僕には出来ない。

体が自然と逃げてしまう。寝台の上へずり上がるように腰が勝手に……。だがこの逃げが王の持つ獣の本能に触れてしまったのか、首筋を摑《つか》まれる。

逃げるなと釘《くぎ》を刺す低い唸《うな》り。そして僕の奥へと入り込んでいたものを一気に抜かれる。その瞬間、身構えてもいなかった快感に一気に絶頂に達する。突き抜ける甘い痺《しび》れ、白い液体が自分の腹の上に散る。

だが王はそのまま僕を強引にうつ伏せにすると腰を摑んで抱え上げた。片脚が動かないのだ、自分で膝立《ひざだ》ちをしているわけではない。強制的に尻《しり》を突き出す姿にされているのだ。そしてそのまま今度は一気に最奥にまでその剛直が押し進められた。

それでもなんとか声を上げることは耐えた。きっと声を出していたらそれは悲鳴ではなく嬌声《きょうせい》になっていただろう。

絶頂の痙攣もやまぬうちに次の深すぎる衝撃がまた僕を追い詰める。イッている最中に重ねてイかされる。ついに耐えかねて上げてしまった寝室に響き渡る悲鳴のような嬌声が自分のものだと思いたくなかった。

獣の交尾の姿勢のまま、それからどれだけ犯されたのかもうよく分からない。清潔なシーツにしがみつきながら、最後には必死に許しを請う叫びを上げていたように思う。盛られた薬のおかげもあってか痛みは平気だったが、快楽だけでどうにかなりそうだった。いや、なっていたのかもしれない。何度も絶頂に達して出すものなどとっくになくなっているのに快感だけが頭を焼き続けたのだ。

あの薬はそれほどまでに強力なものだったのだろうか……。それともこれは僕自身の体が拾ってしまっている快楽なのだろうか……。

王が、いっそう強く僕の腰を抱く。奥に叩《たた》きつけるように出された。これで何度目かの行為。だが、正確な回数などもはやよく分からない。

ずるりと抜けていく。その感覚に安堵《あんど》しながら、流れ出て太ももを伝うものの熱さをぼんやりと味わう。

……やっと終わったのだろうか。わずかに振り返ると王はその表情をこわばらせていた。わずかに見開かれた瞳が揺れている。彼の視線の先にあったのは真っ赤に染まったベッドのシーツだった。

ああ、うつ伏せで揺さぶられるうちに傷が開いたのか。胸の包帯も赤一色に染まっている。

「……申し訳ありません。あなたの寝室を汚して、しまって……」

嗄《か》れた喉《のど》から出た言葉は聞き取りにくいほど掠れていただろう。

王は、ひどく動揺したように僕から手を離し、そして何か言おうとしたのかわずかに口元を動かしたが実際に言葉はなく、ベッドサイドに落ちていたローブ一枚を羽織ると寝室を出ていった。

＊　＊　＊

この城で僕の住まいとして与えられた部屋は控えの間にも似たアンティークで調《ととの》えられた個室。僕一人が使うには十分すぎる広さで、用意された家具や調度品も質の良い物ばかり。

やはり神聖王国にいた時と同じ扱いになったのか。向こうにいた時は国の繁栄を祈れと命令されたがここでは何をしろとも何をするなとも言われなかった。あちらにはなかった窓もある。軽く押し開けたら半分しか開かなかった。体の通らないほどの隙間《すきま》しか開かなかったが逃走防止のためではないだろう、窓くらいその気になれば僕にだって壊せる。

これは転落防止のためだ。石の色の城壁、見下ろす高さは軽く数十メートルはある。

同じ監禁でも朝昼晩と明るさの変わる外の景色と爽《さわ》やかな風が感じられるだけでかなり違うだろうなと思ったのは正直な感想。ベッドに寝転がりながら、いつの間にか新品になっていた緑の衣装の下、包帯が巻き直されていた胸を撫《な》でる。

やがて食事が運ばれてきた。この城の侍従であると名乗った獣人さんにご気分はいかがですかと優しく尋ねられ、頷《うなず》くとかなり大きな二段のワゴンが室内に入ってきた。

ずらりと並ぶ皿、ひとつひとつの量はそう多くはないがさすがに食べられる量ではないのでどうしようと焦ったが、全て食べろというわけではなかった。食べる量と好みが分からなかったのでいろいろ用意してくれたそうだ。食べられるだけどれでも好きなモノを選んでお召し上がりくださいとにこやかに言われる。

確かライナスさんがこの国は多民族国家だと言っていた。獣人の皆さんや樹人さん、僕の知らない他の亜人種の人たち。皆、好んで食べるものや必要とする栄養バランスが違うのだろう。

人間であれど、異世界から来た僕が自分で必要なものを選べるようにと厨房《ちゅうぼう》の方が気を遣ってくれたのだ。

食欲はそうなかった。お腹《なか》は空《す》いていたけれど……。少し悩んで薄切りのパンとスープ、野菜のおひたしに見えるものと綺麗《きれい》に切られた果物をいくつか選んで食べた。肉や魚を選ばなかったので、それだけで足りますか、遠慮なさらずにと心配されたがまだ本調子ではないのだと返事をした。
食事は温かく美味《おい》しかった。

食べ終えた皿はどうしたらいいのだろうと思いながら壁に手をつき、なんとか歩いてドアに触れると普通に開いてしまった。

「えっ」

監禁されていなかった。あの侍従さんが鍵《かぎ》をかけ忘れたのかと思ったが、そもそも扉に鍵穴がない。出歩いても良いのだろうか？　廊下に少し顔を出してみるとたまたま歩いていた衛兵らしき獣人さんと視線が合い、ぺこりと礼をされた。出てくるなとは言われなかったがやはり出歩くのは良くないだろうと室内に引っ込む。

そもそも杖《つえ》なしで歩き回るのは難しい。

そうして三度の食事を与えられ、日に二回ほど医師と名乗る人物によって胸の手当てを受けることになった。それ以外はすることもなく、リアンさんはどうしているのかと考えたりしながらぼんやりと過ごしていると数日後に再びあの不思議な香りのお茶を与えられ、王の寝室へと案内された。

当然そこにはバルデュロイ王が待ち構えており、自分の仕事を悟る。薄暗がりに浮かぶ狼の頭のシルエット、揺れる明かりの色を映す白銀の毛並み。

「来い」

そう短く命じられた。先日から与えられている杖をつきながらベッドに近づく。けれどもその大きな腕が摑みかかってくることはなく、僕が失礼しますと頭を下げてベッドに上がってからやっとゆっくりと王は視線を上げる。そこにある青い光は初対面の時には荒れ狂う海のごとき激しさと濁った淀《よど》みがあったが、今日は幾分か落ち着いて見えた。

手を引かれたが、それもゆっくりとしていて強くはなかった。もしかして胸の傷を気遣われているのか。自分でつけたくせにと少しだけ思ったが、それでも嫌いな人間の閉じ始めた傷を再度開かせないようにと考えてくれているのだとすれば、この人は『血染めの狼王』などと呼ばれるほどに残虐な存在ではないのかもしれない。

それはあの日初めて会った時からずっと考えていたこと。

だけどそんなことを考えているわずかの間に、そのままゆっくりと押し倒され、緑の衣装のすそを持ち上げられる。

それからもこの交わりはほとんど毎日繰り返された。最初のうちは終われば侍従さんがやってきて風呂《ふろ》に送られ自室に帰されたが、やがてそのまま王の寝室で朝を迎えるようになった。

　その頃には不思議と王の雰囲気もどこか変わったように思えて、今までは外見通りのまさに取って食われるのではないかという荒々しい獣だったそれが、随分と和らいだ。

　今なら会話をすれば答えてくれる気もしたが、向こうがいつも唸り声や吐息を漏らすのみで無言のまま僕を抱くだけなので、僕の方から何かを問いかけることは出来なかった。

　いつかどうにかしてお願いしようと思う。リアンさんの近況だけでも聞き出したい。出来れば、ライナスさんかリンデンさんに会わせてもらえるといいのだけれども。

　王が仕事か何かで城に戻らなかった日だけは自室で静かに一人眠る。呼び出しがかからない日は密《ひそ》かにほっと胸をなでおろしたが、なぜかどことなく寂しさを覚える自分がよく分からなかった。

四章

『神狼《しんろう》』と『豊穣《ほうじょう》の御子《みこ》』。対となる存在は、このラストゥーザ・ベルと呼ばれる世界の要《かなめ》。

伝説などしょせんは古い創作の物語なのだろうと疑う心がどこかにあった。自身がその神狼の末裔《まつえい》であり、まさに神狼の姿をしているにもかかわらず。

しかしその猜疑《さいぎ》はライナスに抱えられて現れた存在を見た途端に根底から崩される。黒い前髪の下から不思議そうに我を見る黒の双眼。ああ、ここにあったのか我の欠けた部分はと心の奥底からわき上がる衝動があった。

だが同時に噴きあがるのは嫌悪。なぜ我を埋めるはずのものが人間なのだという怒り。

憎いはずのものを欲するという矛盾。求める本能と突き放したくなる憎悪が絡まって心臓を締め付けた。そのあまりの苦しさと混乱に、ならば壊してしまえという狂った結論を出してしまった。

その時の我はもはや『狂狼』に堕《お》ちかけていたのだろう。

薄い皮膚に爪《つめ》を立てた時の感触は今でもはっきりと手に残っている。あの時、とっさに己の腕を引き止められたのは奇跡だった。殺してしまわずに済んだことに安堵《あんど》し、弱者を打ちのめすことで混乱から逃げようとした己の凶行を恥じ、悔いた。

だが御子の血の色、そして妙にかぐわしい鉄の匂《にお》い。自分でも理解が出来ない、興奮と落胆が脳内を巡る。


そして、御子を抱いた……いや、犯したその夜、随分と久しぶりにこの国の空気の匂いを嗅《か》いだ気がした。砂埃《すなぼこり》と灰、死の気配が漂い続ける戦場の臭いがずっとこびりついていた鼻腔《びこう》を洗うように、生命の大樹とそれを取り囲む森が浄化した清らかな風が頭の中を吹き抜けた。

御子を貪《むさぼ》れば貪るほど、霧が晴れるように視界が開けた。よじれて歪《ゆが》んでいた感覚が正しく優しく解きほぐされた。

御子の奥へと入り込めば、甘く満たされるという感覚を噛《か》みしめる。

だが我の眼前に広がる光景は凄惨《せいさん》だった。

御子はぐったりとして体に力が入らないようであった。我がその体を好き勝手に貪ったせいで、治療させたばかりの傷から再び血が溢《あふ》れてあたり一面を真っ赤に染めていた。

我はその光景を前に何も出来ずに固まる。何度も死線をくぐり、眼前に刃《やいば》が迫ろうと恐怖にひるんだことのない体が、鉛にでも変えられたように動かなかった。どうしていいか分からなかった。

そして御子は我に謝った。寝台を汚したことを。

せめて罵声《ばせい》をぶつけてくれれば、恐怖に泣いてわめいてくれれば我は憎い人間に対して冷徹でいられたのだろう。だが御子はこの状況下で自分と我の立場に鑑《かんが》みて、何一つ非がないにもかかわらず頭を下げた。なんと強い人間なのだと驚愕《きょうがく》したが、そうではないとすぐに気がついた。理不尽な扱いに耐えることに慣れているがゆえの行動なのだということに。

強く弱い人間の御子。殺そうと思えばすぐにでも散らせる命。今、それがどうしようもなく心を乱して堪《たま》らない。結局我はあの夜、逃げたのだ。目の前の儚《はかな》く空虚で甘美な輝きから。

その後も逢瀬《おうせ》を重ねるたびにどんどんと頭の中の闇《やみ》と炎が静まった。新緑の色の風が何もかも吹き払ってゆくように。

傷に響かないように出来るだけ気は遣った。気を遣いながら抱くくらいなら手出しなどせず休ませておくべきだと分かってはいたのに、たったの二日で我慢がきかなくなった。以後、毎夜のように御子を衝動的に抱きながら傷の治りを密《ひそ》かに確認していたが……あれは、胸に走るあの凄惨な傷は痕《あと》として残り、消えることはないのだろう。

御子を診た医師も同じことを言っていたゆえ、間違いはないはずだ。あれは我の罪の証《あかし》として生涯御子の体にあり続ける。

それでも、御子との夜を過ごすようになってから明らかに気力が上向いた。今までは腹に溜《た》め込《こ》んだ暴虐を戦にぶつけることだけが己の役割のようになってしまっていたが、何事にも精力的に取り組めるようになった。

本来の職務でも部下の助けを借りずとも冷静な判断を下すことが出来ると気づいた。王として間違った政務をしてきたとは思わないが、それはあまりに冷徹なものだったということを今は理解している。それをリンデンがいかに上手《うま》く調整していたのかも。我は久方ぶりに、心穏やかに真の王としての自己を保ちながら執務机に座った。

そうして忙しく数日を過ごしてやっと時間を作り、ライナスとリンデンを呼び寄せた。話をしておかねばならなかったからだ。

先日平定した神聖王国ロマネーシャの地の統括具合を監督するために再び北方へ出てい

たライナスは会議室で待っていた我を見るなり一言、大きな声で言う。

「随分とまともな顔してるじゃねぇか……」

その口調はいつも通り軽薄だが声の質は重たかった。表情も笑ってはいなかった。

「まるで別人だな。いや、本来のお前に戻ったと言うべきか？」

「……そうなのだろうな」

「そうかそうかそりゃ良かった。ってばかりも言ってられねぇのは分かってるよな？で、御子は、コウキは無事なんだろうな？」

そうか、あの者はコウキという名前なのか……。今までそれすらも知らず御子を貪った己にさらなる嫌悪がわき上がる。

「手に入れねばと本能が震えた。人間に対する怒りが止まらなかった。その二つが混じり合ってもはや抑えが利かなかった」

そう告げるとライナスは全《すべ》てを察したのだろう、次の瞬間には我は頬《ほお》にその拳《こぶし》を受けて派手に机を巻き込みながら床に倒れ込んだ。

「お前マジで何考えてるんだ⁉　くそっ、あの場でお前を止められなかった俺も悪いけどよ！　だけどな！」

どん、とライナスの掌《てのひら》を叩《たた》きつけられた長机が軋《きし》む。苛立《いらだ》ちを隠そうともしないのは当然だ。こいつは我が殺しかけた御子を相当に心配していたのだろう、後ろ髪を引かれながら任務に向かった様子だった。俺が帰ってきた時に傷が増えてたら容赦しねえぞ、と釘《くぎ》も刺された。

我を殴ったライナスは、我のことを睨《にら》みつけながらも苦しみに耐えるように表情を歪めている。握る拳が震えていた。

「あれだけの怪我《けが》を負ったコウキを、お前は……！」

我は黙ったままその唸《うな》りを受け止める。弁解の言葉などない。

「チッ、いやお前ばかりを責められねぇな。こうなる可能性がないとは思っていなかったけどよ、だがお前ならもうちょっと上手くやれただろうが！　おい、コウキは無事なんだろうな⁉」

「無事ではある。あれ以来、あのような真似《まね》はしていない」

「では、ってのはどういう意味だ」

「疲弊……させてはいるのだろうな。心も体も……。傷もまだ治ってはいないというのに我は……」

「連日手を出している、と。正直もう一発ぶん殴っておきたい気分なんだが、俺にはその資格はねえな。俺がけしかけたようなもんだし、守ると約束したのにそれを破っちまった」

「どういう意味だ」

「……やっぱ本物の豊穣の御子ってやつなんだな、コウキは。お前と共にあるべき運命の片割れ。たった数日でお前を覆っていた暗雲を消し去った。そりゃもう別人みてぇにな。俺には出来ないことをあいつはやってくれた……。生まれ育ったこの国を愛する俺としては内心期待してたわけだ、コウキが傍《そば》にいれば……お前さんがコウキを気に入ればこの国は、いやこの世界は良《い》い方に向かうんじゃないかってな」

ライナスの言葉には自嘲《じちょう》の響きがあった。

「国と世界のためにコウキという人間を御子として我に捧《ささ》げて生《い》け贄《にえ》にした。そう言いたいのか」

「俺たちのしたことはそういうことだろうが。お前も自覚がないとは言わせないぜ」

共に黙り込んだ。ロマネーシャで御子がどういう扱いを受けていたのか詳しい話は聞いていないが、本人の意思を無視して祀《まつ》り上《あ》げられ利用されていたのだろう。自分たちはそれと変わらぬことをしていると分かってはいる。

やはり間違っているのだろうかと我が口に出そうとした瞬間、会議室の扉が勢いよく開いた。その向こうには仁王立ちのリンデン、そして背後には狼《おおかみ》の獣人の男。樹人の細腕でよくあの分厚い扉を壊すような勢いで叩き開けたなと変な感心が内心に浮かぶ。

そして次の瞬間叩きつけられた怒声に思わず背筋を伸ばす。

「お二人とも！　今、なんとおっしゃいましたか⁉　コウキ様を生け贄にしたと、そう聞こえましたが！」

「それは、言ったが……」

「あのですね⁉　分かってらっしゃるのですかエドガー様⁉　コウキ様があなたの片割れであるようにあなたもコウキ様の片割れなのですよ⁉　豊穣の御子は神狼の生け贄であると、そんなわけがありますか⁉　その逆はあってもそれだけはあり得ないのですよ⁉」

「待て、落ち着けリンデン、我は……」

「私はすでに限界です。あなたがコウキ様に爪を剝《む》いたあの一件で、とうに私の堪忍袋の緒はぶっちぎれています！　あの時は人間という種族に対しての嫌悪と長きに亘《わた》って御子に会えなかったがゆえの焦燥であなたも判断を誤ったのでしょう、ええ、百歩譲って理解は……いえ、出来ませんね。ですので、許しはしません‼　今後コウキ様の心に報いることでしかあなたはもう許されないのですよ‼」

「わ、分かった、お前の言い分はもっともだ。分かったから落ち着け」

「二度と生け贄などという言葉を使わないでください。あの方はあなたの魂の一部といってもよいのですから、本来であればあなたと生涯を共にする伴侶《はんりょ》となられる方です」

「……伴侶。いや、それは、向こうがそう思ってはくれまい……」

「だったらそう思ってもらえる努力を今すぐ開始したらどうですか⁉　確かに、私は神狼であるあなたが御子をここまで得られなかったという状況で暴走するであろうことを想定していました。だから、コウキ様にはあの薬を……。もちろんそれは私の罪です」

御子が交わりの時にあまり苦痛を示していなかったのはリンデンの仕業だったのかと己の中の何かが腑《ふ》に落ちた。

「ですが、なぜその後私をあの方から遠ざけたのです！　何かと理由をつけては私に仕事を回し、コウキ様に会わせてくださらない。私は未《いま》だに、謝罪すら出来ていないのですよ⁉」

激昂《げきこう》するリンデン、その背後で狼獣人の男も表情をこわばらせている。そうか、あれがロマネーシャ陥落後に御子を保護し、共にここまで来たという男か。確かリアンという名だったはずだ。あの者も事の顚末《てんまつ》については知っているのだろう。だがリンデンが言うべきことを全て言ってしまったせいか黙ってじっとこちらを睨んでいる。

リンデンがこうも声を荒らげるのも無理はない。こいつは我がコウキを爪で引き裂いたあの後からコウキに会わせろと大騒ぎを続けていたのだが、あの時は誰であってもコウキに近づけたくはなかった我が人払いを命じ、命を繋《つな》ぐために必要な医者と侍従以外は一切近づけないようにしていたのだから。

「お前ら、とにかく一度座れ」

ライナスがリンデンとリアンに着席を促す。その際にリアンに久しぶりだな、と嬉《うれ》しそうに声をかけたが半ば無視されている。

今日のこの会議は、『豊穣の御子』コウキを今後どう扱うべきかという話をするための集まりだった。そのためにもまずコウキがこの世界に召喚されてからどんな経緯を歩んだのかを知る必要があったゆえに、ロマネーシャで従者をしていたという元奴隷、リアンを招いた。

彼は奴隷としての暮らしが長くとも元来聡明《そうめい》な男なのだろう、口調は重たかったがこれまでのことをひとつひとつ丁寧に説明してゆく。

それは怒りと共に我自身の罪を自覚させるには十分なものだった。

監禁状態であったらしい。金髪碧眼《へきがん》の汚れなき乙女を求めていたのに黒髪黒眼、女ではなかったこと、片脚を痛めていることを疎まれていた。だがその身に秘められた力は認められていたのか、ロマネーシャのために祈れと言いつけられて行動は制限され、小部屋に閉じ込められていた。

そして実際、一時的にはロマネーシャの状況は好転したのだが、コウキの心身の状態が悪くなるにつれて転がり落ちるように悪化、そしてそのままロマネーシャはバルデュロイに敗れ、城が落ちるその際の混乱に乗じてコウキとリアンは逃げ出してきたというわけだった。

「監禁生活は随分と辛《つら》かったみてぇだな」

ライナスがそう呟《つぶや》くと、リアンは首を振りながら握りしめた拳を震わせた。

「ただ閉じ込められていただけならどれほど良かったか。聖女は癒《い》やしの力を持つとされていたのが問題だった。コウキ様の体液にもそういった利用価値があるのではと血を調べられ……実際、万病に効果があったと聞いている。それからはひどいものだった。気を失う時もあるほどにその血を抜かれ続けた。そして血液がこれほど効くのであれば、体液やその体もと、弱り切ったコウキ様を慰み者にする輩《やから》まで現れた、何人も、何人も……！　あの国の王もその一人だ」

嚙みしめるように語られる言葉。傍にいたのに何も出来なかったと、己に対しての恨み言のように。

「何だよそれ、聖女なんだろ！　国にとって大事な賓客だったんじゃねえのかよ!!　それを何だと思ってやがんだよ……!!」

吠《ほ》えるライナスの横でリンデンが地獄の底を覗《のぞ》くような目で呟く。あの国は地図から消せ、この世の歴史の上から痕跡《こんせき》すら消せ、と。己の中にも衝撃と怒りがあった。

だが我は激昂できる立場ですらない。私情に駆られて傷つけ、血を流させ、そして凌《りょう》辱《じょく》した。まったく同じことをした。そして胸中の悔恨をはっきりと見透かされた。目の前に立つ怒れる狼の獣人に。

「あなた方も同じなのか」

その槍《やり》の穂先のような一言はバルデュロイという国に対しての問いだった。そして本質的には我個人への断罪だった。真っ白になる思考、だがさっきリンデンに突き付けられた一喝が心を突き動かす。

我は顔を上げる。起こったことを変えることは出来ない、ならばこれからの道を違《たが》えない以外の選択肢はないのだ。

「違うとは言えない。すでに同じことを……いや、それ以上のことをしてしまった。だがこの先も同じであるつもりはない。……次に会ったら必ず、謝罪すると誓う。以後、傷つけはしない。御子の体も心も決して」

今はそう誓うので精一杯だった。リアンは我をしばしじっと見つめ、それから小さくうつむいた。

「……どうかそのお言葉を違えませぬよう。バルデュロイの『血染めの狼王』よ」

このリアンという男は思った以上に頭も回れば度胸もある。それに御子への忠誠も本物だろう。我に、最後の最後まで釘を刺すのを忘れていないのだから。

リアンが着席すると、リンデンもまたリアンへと謝罪をしていた。

王が御子を強く求めるであろうことは分かっていたので、薬を盛った。感覚を鈍くする薬と媚薬《びやく》とを茶に混ぜて飲ませた。少しでも体の負担を軽減できればとの思いでやったことだが、御子の同意は取らなかったし半ば騙《だま》し討ちで飲ませた。心を裏切る行為ではあっただろう、と。

リアンは一度表情を歪ませたが、それでも冷静に怒りを呑《の》み込《こ》んで頷《うなず》いた。悪意あっての行いではないと分かってはくれたのだろう。

しかし、どのみち『豊穣の御子』にはここに留まってもらうしかない。今後は御子の様子を見ながら、彼自身の意思を尊重して扱おうという話になった。必ず大切にする、と我ら三人がはっきりと言葉にして伝えると、リアンも納得したようだった。信頼してくれたというよりは、信頼するしかない、どうか約束を守ってくれというような痛切な表情だったが。

「恐らく豊穣の御子という存在がどのようなものなのか、コウキ様自身よく分かっておられないでしょう。一度きちんとそのあたりのお話もしないといけませんね」

リンデンはそう言いながら席を立ち、リアンを連れて立ち去った。ライナスは我の背中をぽんぽんと叩いてから去ってゆく。頑張れよというつもりなのだろう。

五章

「気づいていました」

そう僕が苦笑するとリンデンさんは少しうなだれた。

「やはり最初から何か混ぜられていると気づいていて飲まれたのですね、コウキ様は。どうして何を入れたのだとお尋ねにならなかったのですか」

「リンデンさんが何か危険なものを盛ってくる人には見えなかったので。何か理由があるんだろうと考えました。あれ、ですよね……あの」

「ええ、感覚を特に痛覚を鈍くする薬と逆に快楽を引き出す媚薬《びやく》です。といっても、王があそこまでの凶行に出られるとは予測が出来ませんでした。お守りすることが出来ず申し訳ありません」

深々と頭を下げてくるリンデンさんを、その必要はないですと制する。媚薬には翻弄《ほんろう》されたが、そのおかげで夜が苦痛でなかったのは事実。純粋に僕のためだったのだろうとはっきりと分かる。

「その後、ご体調はいかがですか?」

「はい、ご飯もお休みも十分すぎるくらいにいただいてますし、傷も毎日医師《せんせい》に診てもらっていますが経過は悪くないみたいです。けっこう元気になりました」

「それは重畳。エドガー様にも乱暴にされてはいませんか?」

「ええ、優しくしていただいています。あの、ちょっと激しい方だなとは思いますがリンデンさんのお気遣いのおかげで体もつらくないですし、翌日には疲れも残らなくて」

「元気に過ごしていらっしゃると」

「はい」

「……共に精神の平穏と肉体の活力が巡る……薬のせいではありません。それが『豊穣《ほうじょう》の御子《みこ》』と『神狼《しんろう》』というものです」

皆は僕を御子と呼ぶが、その『豊穣の御子』とはそもそもどういうものなのか、神聖王国では聖女と呼ばれていたがそれと同じものなのか、なぜ王が自分を抱くのかと問うと、今日はそれを含めていろいろと説明をしに来たのだとリンデンさんは微笑《ほほえ》む。

「そうですね、その前にお茶でも。あ、今日のは何も入っていませんよ」

その冗談に僕が笑いをこぼすと、ノックの音と共にワゴンを押す女性の侍従さんが現れた。女性の姿はあまり見ないし、その紅茶のような深い色の髪にさらに鮮やかな赤の花が絡み咲いているのにちょっと驚いた。リンデンさんと同じ樹人さんだ。花は僕が知るものの中では彼岸花に似ている。

ぱっちりとした翡翠《ひすい》の色の瞳《ひとみ》が髪と同じ色のまつ毛に飾られていて、可憐《かれん》な桃色の唇が艶《あで》やかに笑みの形を作っている。その非の打ち所のない美貌《びぼう》にしばし見とれてしまい、慌てて視線をそらす。彼女の顔はどことなくリンデンさんに似た面影もあるように見える。

「これはリコリスと申します。今日よりコウキ様の側仕《そばづか》えとなりましたので、身の回りのことは全《すべ》てリコリスが取り仕切ります。こう見えて優秀な子ですし、私の従兄弟《いとこ》ですので身柄も保証いたします、ご安心ください。リコリス、ご挨拶《あいさつ》を」

「樹人の一族、リコリスと申します。豊穣の御子様……いえ、コウキ様、お会いできて光栄です。ご用がありましたら何なりとわたくしにお申し付けくださいませ」

「えっと、よろしくお願いします……」

クラシカルなメイド服のような衣装を見事に着こなす彼女はスカートをふわりと揺らして深々と綺麗《きれい》なお辞儀をし、それから手際良く机にティーセットとお菓子を並べてゆく。

その横顔もまた完璧《かんぺき》なシルエットを描き出し、彼女がそこにいるだけで、まるで映画のワンシーンのように見える。

「あの、リンデンさん、どうして僕に専属の方を……。それにリアンさんは」

「あなたのお立場であれば、お付きの者はいなくてはなりません。リアン殿もそれを望まれてましたが、御子様はそれを望まれないと思いましたのでライナス殿に預かってもらいました。リコリス一人ではご不安ですか？　何人でも付けられますが、リコリスは少々協調性がな……ではなくて、周囲と足並みが揃《そろ》えられな……いえ、一人の方が仕事の捗《はかど》る子ですので」

「いえいえ！　そんな何人も付けられても困ります！」

一人を僕に専属で付けるのすらもったいない気がするという意味だったのだが通じなかった。それよりもリアンさんのことをそこまでリンデンさんが考えていてくれたのが何より嬉《うれ》しかった。彼の性格を考えればこの国でも僕の侍従として傍に仕えたいと言ってくれるのは目に見えていたから……。だけど、それは僕の望むリアンさんの自由な未来ではない。

かすかに甘い花のようなお茶の香りが部屋に漂い始める。リコリスさんは自分の仕事を終えると優雅に一礼して部屋を退出してゆく。完璧に配置されたおやつの準備。何だろう、所作を見ているとすごく丁寧で正確な仕事をする人のようだが、どこか違和感が……あ、足音がない。何者なのだリコリスさん。

そしてこの世界と豊穣の御子についての授業が始まる。

「コウキ様にとって大切なことではありますが、一字一句覚えてくれというものではありませんよ、お茶を飲みながら気楽に聞いていてください」

この世界、『ラストゥーザ・ベル』における最大の大陸がこの場所であるという。

中央に生命の大樹。そのふもとに亜人種が多く住む多民族国家バルデュロイ。バルデュロイは中央を含む大陸の西半分をほとんど自領としているが、領地の大半は手付かずの森林である。そして東半分の一番北に『聖女』を召喚した神聖王国ロマネーシャ、中央に自由都市同盟フリーレンベルク。南にガルムンバ帝国。そんな風に大まかな国境が存在している。

「なんとなく把握できますか？」

「はい、大丈夫です。すごいですよね、生命の大樹。初めて見た時は何度確認しても現実だとは思えませんでした」

「この大陸の恵みと生きとし生けるものの命の循環、全てを加護する樹《き》ですからね。世界を支えている尊い存在です。過去にこの樹を巡って何度も戦乱がありましたが、今も昔も変わらず我が国バルデュロイがその管理をしています」

「もしかして神聖王国と敵対していたのって」

「それも原因の一つ、といった感じですね。あそこの王族は傀儡で教会が実権を握ってしまっていました。そのせいか排他的なところがあり、いつからか人間以外の種族を排斥し、迫害するようになりましたので。あらゆる種族を内包し、特に獣人種が多いバルデュロイと相容《あいい》れるわけがありません」

なるほど、思想や政治指針の違いが根本の原因だったわけか。確かに僕を召喚した人たちは教会の関係者だと言われれば確かにそんな雰囲気を漂わせていた。

「ちなみに神聖王国という存在は地図から消える予定です」

リンデンさんが静かに呟《つぶや》く。どういう意味なのかは怖くて聞けなかった。

「自由都市同盟フリーレンベルクは支配階級のいない国ですね。都市ごとに議会政治をやっておりまして、国と表現すること自体が実は少々語弊があります。経済活動の盛んな商人たちの集まりという認識で間違ってはいません」

ふむ、と頷《うなず》く。位置的に全ての国と国境を接し、挟まれる国。貿易の要衝にもなっているのかもしれない。

「南のガルムンバは帝国ですので皇帝がおられます。武芸が盛んで、強い者が頂点に立つという文化があるのですが、強者への敬意と敵味方問わず儀礼を重んじる風潮がありますので思ったより荒っぽい国ではないんですよ。バルデュロイとは同盟を結んでいる関係です」

なるほど、大きな四つの国の配置がなんとなく想像できたので、大雑把にだが世界の情勢が摑《つか》めた気がする。

そして、リンデンさんは続きを語る。憂いを含んだ表情で。

この世界は争いやいがみ合いを抱えながらもなんとか国家間、種族間のバランスを保ったままやってこられた。だが最近は世界のあちこちで手の打ちようがないほどの歪《ゆが》みが出ていると。

まずは明らかに不自然な速度で落ちている出生率。子供が生まれず、どこの国も人口をどんどん減らしている状況なのだとか。特に女性は生まれにくく男女比が偏り、そのせいで女性は大切に隠されていることが多い。特に獣人にその傾向があるそうだ。

そしてあらゆる作物の凶作も続いている。どこの国もまだなんとかギリギリのところを保っているが、このままではいずれ飢餓が民を襲う。大きな国土ゆえに比較的豊かな農地を広く持つバルデュロイはまだましな状況だが、それでも楽観視は出来ないのだとか。

「人も、食べ物も……」

「ええ、人が減れば耕作地が減ります。ただでさえ作物の育ちが悪いのにさらに収穫高は落ちる、食料が不足して値段も高騰、庶民は自分たちが生きる分の糧の確保で手一杯、子供を増やしている場合ではなくなる……悪循環です」

「全然気がつきませんでした。それなのに僕ばかりいつもたくさんの種類の食事を用意してもらって……！」

「この国はそこまでの困窮状態ではありませんよ。それに別に無駄にしてはいませんのでお気になさらず。コウキ様が選ばなかったおかずは城の者が喜んでいただいています。今日はこれがあるぞ、こっちも美味そうだと御子様から与えられたものと感じている者も多いようです。御子様の恩恵に与《あずか》ろうと奪い合うようにして、毎日完食されていますのでご心配には及びません」

　選ばなかったものは手をつけていないので食べ残しを押しつけているわけではないが、なんだか申し訳ないし、恥ずかしい。今度からは城の皆さんと同じメニューを一食分だけ用意して欲しい、とリコリスさんに頼んでおこう。

「しかも原因不明の病まで蔓延《はびこ》る始末。この頃は各地であらゆる種族が不調に悩まされているのです。例えば私たち樹人だと、これが枯れてしまうんです」

　そう言ってリンデンさんは髪の中から枝葉をすくい上げて見せた。体から伸びるみずみずしい植物。リンデンさんは少しハート形をした葉の茂る枝。リコリスさんは彼岸花のような赤い花。枯れてしまうということがあるのかと驚くと、首を振られた。

「通常はあり得ません。これは樹人の魔力の源である命といえるもの。それなのに葉の先から色を失い枯れてゆくのです。原因が分からないので治療法もなく、最後には死に至ります。獣人たちもそれぞれ深刻な病を訴えています。戦闘力で勝るはずの亜人種が病んでしまったことも人間との争いの長期化の原因ですね。ですが最近は人間にも出てきたそうですよ。体の末端から灰色の痣《あざ》が徐々に広がり、それが腹にまで達すると命に関《かか》わるという症状ですね」

「そんな……」

　自分が監禁されていた城の外ではそんな事態が広まっていたなんて。

「それだけではないんですよ、人類は皆、危機的状況なのに逆に魔獣は増えています。森林地帯に生息する危険な猛獣ですね、ご覧になったことはありませんか。ここへ来るのに馬車を使ったと思いますが、あの馬は長い年月をかけて魔獣を品種改良したものなのですよ。馬車用の馬はともかく、野生の魔獣は人だろうと何だろうと見境なく襲う知性のないけだものです。被害の報告件数が年々増していまして頭を抱えております」

　そして、と呟きながらリンデンさんは窓を開けた。生命の大樹の木漏れ日が窓辺に揺れる。

「豊かな葉をたっぷりと蓄えているように見えるかと思いますが、この生命の大樹も数十年前は現在と比べて一割以上大きな樹冠をもっていたのですよ。明らかに減っているのです、葉と枝が。日々刻々と枯れ落ちています。私たち樹人にははっきりと分かります。少しずつ、少しずつ枯死しているのです」

「え……枯れてるんですか、あんな立派な樹が……⁉」

「間違いなく」

「もし枯れちゃったらどうなるんですか、さっき世界を支えてるっておっしゃいましたよね！」

「大黒柱を失った構造物は崩れるのみ。この大樹が支えているのは世界そのものです。となれば、その時生き残っている者たちはこの世の終焉《しゅうえん》を見ることになるのでしょうね」

「終焉って、世界が、大陸が壊れてしまうんですか⁉」

「そうかもしれません。全て海の藻屑《もくず》と消える可能性はあります。ですが実際のところはどうなるか推測の域を出ません。なんといっても太古から伝わる伝承ですので……過去のことを知る者はおりませんし。ですが、この世界そのものがゆっくりと終わり始めているのは確かです。滅びへの坂は緩やかなれど、一度下ればあとは勢いのまま、でしょうね」

「そんな、なんとか……生命の大樹をお世話してあげて元気に……」

自分で言っていて無理だと思った。栄養をあげてみるだとか剪定《せんてい》してみるだとか、思いつくようなケアはとっくにやっているだろう。それで効果がないから現状に至っている。

絶望してもいいような状況だ。それなのに、リンデンさんの憂いの表情の中には揺るがぬ光がある。僕を真っ直《まっす》ぐにとらえる強い何かが。

「コウキ様。この世界は過去に何度か同じような衰退を始めたことがあるそうです。これも全て伝承の話です。ですが、そのたびに世界はそれを乗り越えてきた。全ての人と自然を導きたるもの、手を取り合う『神狼』と『豊穣の御子』がその先頭に立って歩いたのです。二人が前に進めば世界もそれについてくる。二人が顔を上げれば世界は再び萌《も》え上《あ》がる。それが『神狼』と『豊穣の御子』という存在」

『豊穣の御子』も、『神狼』も、滅びの気配を察したかのようにこの世界に現れるという。

三十数年前に『神狼』エドガーが生まれた。

そして遅れてやってきたのが『豊穣の御子』森村《もりむら》コウキ。

そう、リンデンさんは語る。

「『神狼』は分かりやすいのです。エドガー様のお姿には驚かれたでしょう？　この世界には数多《あまた》の種族がいますがあのような姿を持つのはエドガー様ただお一人。『神狼』は必ず白銀の毛皮を持つ、狼《おおかみ》なのです」

狼の王がまさかそのような理由であのような姿だとは思わなかった。そして、あの人もこの世界でただ一人の存在なのだということになぜかちくりと胸が痛む。

「そもそも神聖王国ロマネーシャが行った『聖女』を呼ぶ儀式はそれ自体が禁忌とされるもの。異世界からこの地に無理矢理一つの命を呼び寄せるなど、あってはならないことなのです。本来は『豊穣の御子』がこの地に誕生することをただ願うだけの儀式だったはず。それなのに御子の存在そのものが、ロマネーシャ国教における聖女信仰と混ざり合ってその在り方が歪められてしまった。まさかあの国が異界からの召喚などという暴挙に出るなどとは思ってもおりませんでした」

「あの、確かに僕は地球という、この世界とは違う場所からあの国へ召喚……されたのだと思います。でも、リンデンさんがおっしゃる通りであれば、僕は『聖女』であって『豊穣の御子』ではないのでは……？」

僕の問いかけにリンデンさんは首を横に振る。

「あなたが『豊穣の御子』であることは間違いありません。この大地と強いつながりを持つ樹人である我らには、祝福としてそれがわかるのです。なぜ異世界の住人であるあなたが『豊穣の御子』だったのか、それは私どもにもわからないのですが……。お恥ずかしいことに『豊穣の御子』の誕生には気づきながらも、あの国で召喚の儀式が行われたことが掴めたのは、終戦も間際になった頃。それ故に私たちの対応は遅れに遅れ、呼び出されたコウキ様はああいった扱いを受けた。本来ならばすぐに私たちが保護するべきでした……。申し訳ありません」

「いえ、それはあなたたちが悪いわけではありませんから……」

「それでもどうか謝罪をさせてください。我ら樹人は『豊穣の御子』に仕える一族。誕生した御子の側には常に我らの一族がありました。かつてロマネーシャに誕生した『豊穣の御子』は金の髪と青き瞳を持つ乙女であったという記録があります。かの国の聖女信仰はその名残《なごり》なのでしょう」

「だから信仰に語られる聖女と同じ姿でないといけなかったんですね。男だというのもあるんでしょうけど、髪も眼も黒いものだから随分と罵《ののし》られました……」

「おやおや、なんと愚かな。無知なる者どもの戯言《たわごと》ですのでお忘れください。コウキ様、目を閉じると何色が見えますか？」

「真っ暗、ですね」

「ええ、黒です。安らぎに眠る時、うつむき祈る時。人はいつもその闇《やみ》の帳《とばり》の色を見るのですよ。全てを包み静謐《せいひつ》をもたらす平穏なる夜の色。白き神狼と黒き御子。光と影、表裏一体、二つにして一つ、等しく在るもの。深く尊い色です。ああ、コウキ様が屈辱を与えられたその場に私がいれば、それが分からぬような輩《やから》は二度と睡眠も瞬《まばた》きもするなと言ってやれたというのに！」

悔しそうに声を荒らげるリンデンさんだったが、僕が心細さに肩を震わせているのに気づいてくれたのだろう、にこりと笑ってそれから頭を撫《な》でてくれた。

「不安にさせましたね。暗い気持ちになる話をたくさんしてしまいました。でもどうか笑ってください。コウキ様が、今、不幸ではないと思えましたら……、いえ少しでも幸せだと思えることがありましたら笑顔を見せていただけると嬉しいです」

「笑顔を……」

「『豊穣の御子』様。あなたの心は世界の心。あなたが幸福であれば世界はそれに応《こた》えます」

「それは、どういう意味なのでしょう」

「そのままです。比喩《ひゆ》でも何でもありません。世界が救われるにはあなたが救われなければならない。あなたの心に幸福という果実が実れば、世界にも恵みがもたらされる」

「僕が、救われる？　……それが必要なのですか？」

「大丈夫です、御子には『神狼』が。あなたにはエドガー様がいます。と言い切りたかったのですが、あなたには辛《つら》い思いをさせてしまいました……」

「そのことは良《い》いのですが……あの方は人間が嫌いだと。それに、えっと王が僕を抱くのはその……」

「人間嫌いというのは……過去にいろいろとありまして。ですが、心配なさらないでください。『御子』を得た『神狼』とはそういうものなのです」

リンデンさんの答えはどこか答えになっていないように感じられるし、いろいろと突っ込みどころが多い。

どういうことだろう。『豊穣の御子』の精神状態が世界の状態に影響すると言っているのか？

一個人の気持ちで揺れてしまうというのだろうかこの世界は。

僕が満たされれば世界もまた満たされる？

「あの、自分がそんな存在だなんて全然信じられないです、自覚もないんです！　ですがもしそうだったとして、もし僕がこの世界を憎んでしまったら……」

「それはそれで仕方がありません。私たちには『御子』が望むほどの存在価値はなかった。ただ、それだけのことです。さきほど許してあげて欲しいと言いましたが、許せないのでしたら許さなくていいのですよ。御子という存在を絶望に落とした世界など共に落ちればよいのです。少なくとも私たち樹人はコウキ様の意思に添います。終わる世界と運命を共にすることを厭《いと》いはしませんよ」

「本気でおっしゃってます?」

「少なくとも私と我らの一族は、コウキ様がこの世界を憎み許せないと思う選択をなさるなら、それを尊重します。そうなればこの世界は滅びるでしょう。そしてこの世界に生きる全ての命を『狂狼』となったエドガー様が刈り取るのです。実際、あまりに長い間『御子』を得られなかったエドガー様はもはや『狂狼』へと落ちかけていた。きっと、コウキ様の精神状態にも影響されていたのでしょうが……」

現実味などない内容。だがこの人の穏やかな言葉は決して冗談などではない。

この大陸の成り立ち、『生命の大樹』と『御子』と『神狼』という世界の要《かなめ》。改めて突き付けられた真実に僕の頭の容量は限界寸前だった。それを察してくれたのだろう、今日のところはこれくらいにしましょうかとリンデンさんは授業を終えた。

そして、あとは二人でごゆっくりと退出してしまう。それと入れ替わりに現れたのはリアンさんだった。控えめな色合いながらもしっかりと仕立てられた衣服を身に着け、髪も丁寧に梳《す》き整えられている。顔色も肉付きも少し良くなっている。別れた時とは見違える健康的な姿に驚き、思わず杖《つえ》を片手に駆け寄って手を取る。

「リアンさん！　良かった、ご無事で！」

「コウキ様、これまでお傍《そば》にいられずに申し訳ございません……！」

「謝らないでください。僕は大丈夫です」

「ひどい怪我《けが》をさせられたと聞いております。バルデュロイ王……先日会う機会がありました。隙《すき》を見せたら殺してやろうかと思っていたのですが」

口調こそ平坦《へいたん》だったが、その目は洒落《しゃれ》にならない鋭さで細められる。

「ライナスが王の真横に陣取って始終私を牽制《けんせい》していました。忌々《いまいま》しい」

「だ、駄目ですよ！　相手は王様です、変なことをしたらリアンさんが普通に暮らせなくなってしまいます！」

「構いません」

「そんなことしないで欲しいって言ってるんです！　僕のために憤慨してくださる気持ちはありがたく思います。でもそのせいであなたが取り戻すはずの人生が滅茶苦茶《めちゃくちゃ》になってしまうのは嫌です！　だからライナスさんもそこにいてくれたんですよ。ライナスさんが気遣ってくれたこと、ライナスさんが守っていたのは王ではなくあなただってこと、リアンさんだって本当は分かってるんじゃないですか？」

　この人は長い奴隷生活で僕への執着という形でしか生きる理由を見つけることが出来なかった、だけど本当は敏《さと》い人だ。過激でも危険でもない、良識のある人。もうこれ以上過去にも僕にも囚《とら》われていてはいけない人。どうか己の意思で過去を断ち切って幸せになって欲しい。その思いを込めて僕は握っていた手を放す。

　リアンさんはその瞬間、突き放された子供のような顔をしたが、やがてその表情を薄暗く沈ませながら僕を見た。

「私は、あなただけが生きる意味でした。私の命を救ってくれたあなたを守ることが私の価値だと思っていました。あなたの傍を離れてまで取り戻す人生などないと。ですが全て聞きました。この国の伝承、『神狼』と『豊穣の御子』のことを。これからコウキ様は御子としてバルデュロイという国に守られて生きる……あなたにはもう私は必要ない。私は価値を失ってしまった。これからどうしたらいいのか分からないのです」

「どうっ……て、好きにしていいんです。自由です。やりたいことがないならとりあえずやりたいこと探しでいいんですよ、きっと。それにリアンさんは必要です。僕、この世界にはあなたしか友達がいないんですよ？　リアンさんが自由に生きて見つけた楽しいことや嬉しいこと、いろいろ聞かせてください。どうやら、僕がこの世界を好きにならないと大変なことになってしまうらしいですし」

「……友、ですか」

「ええ、主人と奴隷として引き合わされた日々はもう終わったんです。これからは友達になって欲しいなって……だいぶ歳《とし》の差のある友達ですがリアンさんがお嫌でなければ」

ああ、と彼はかすかにうめいた。それから一度眼を閉じてうつむき、顔を上げるのと同時に笑んだ。慣れない様子のぎこちない笑顔、長年の苦悶《くもん》からやっと解き放たれたように。そしてひとしずくの涙を落としながら深く頷いてくれた。


それから彼の近況を聞いた。王に謁見する前に控えの間で別れた後、彼はしばらく城で客人として過ごし、その後はライナスさんに連れ回され、今では彼の家の客人になっているらしい。どうしてそうなったのか自分でも分からない、とにかく来いとあの男にほとんど人攫《ひとさら》いのような強引さで連れていかれて、とリアンさんは困り顔で語った。

けれどもライナスさんの傍にいると学べることが多いそうだ。

この国の情勢や在り方、暮らしや文化。仕事でも私用でもとにかくあちこち出歩くライナスさんと一緒にいると、自然とあらゆる情報がどんどん流れ込んでくる。知らなかった世界が次々に目の前に開けて、自分が今までどれだけ閉じた場所にいたのかを思い知らされる。

まずは普通の暮らしの常識から学び直さなければならないということにも気がついたし、あらゆる知識に触れてゆくことは楽しいような気がする、とリアンさんは少し照れた顔で言う。初めて見る顔だった。随分と年上の人なのに可愛《かわい》らしいな、と密《ひそ》かに思う。

さっそく一つ「楽しいこと」を報告してもらえて嬉しかったし安心した。ライナスさんも随分と気にかけてくれているし、リアンさんはきっと大丈夫だと確信して胸を撫でおろす。

そうしていると、急にドアをノックする音と共に騎士さんが現れた。

「ライナス将軍がご出発されます、リアン殿もお急ぎください」

そう告げられると、リアンさんは頷く。

「あはは、本当に連れ回されてるんですね」

「そうなのです……今日から数日かけて視察だとか。王都の外を回った後は国外へと出てゆくそうです」

「いいですね、ぜひいろんな景色を……世界を見てきてください。良いものや楽しいものを見つけたらまた僕にも教えてくださいね」

「はい、必ずまた来ます。あなたの……その、友として……」

慣れない言葉を恥ずかしがるその初々しい仕草を見ていて、ライナスさんがリアンさんを特別気にして以後ずっと連れ回している理由をなんとなく察した。

そういうことなのだろうか。出会ってすぐにやたらと興味を持っていた節もあるし。

一礼して去ってゆくリアンさんを見送り、一人になった僕は小さくため息をつく。

リアンさんは大丈夫そうだけれど、僕は大丈夫だろうか。

正直、頭が痛い。荷が重すぎる。この国の伝承が、リンデンさんの話が全て本当だとすると僕は本気でこの世界を好きにならないとまずい。好きとは何だ。部分的には好きと言えるのだろう。リアンさんには本当に幸せになってもらいたいし、ライナスさんもリンデンさんも親切にしてくれた。

けれども本当に『この世界』が好きかと問われるととても肯定できない。神聖王国での日々は未《いま》だに思い出せば寒気がするし、受けた痛みと屈辱を夢に見て飛び起きた日には明け方まで震えが止まらなかった。

黒髪黒眼、片脚は動かない。そう僕を蔑《さげす》むくせに僕を貪《むさぼ》る奴《やつ》ら。聖女などという不確かなものに頼って、それさえあれば全て解決とばかりに他者に一方的に責任を押しつけた国の上層部。そんな上層部を盲目的に崇《あが》めて疑いもしない国民。その愚かさと醜悪さを狭量な僕は許すことが出来ない。

聖女を呼んで国を栄えさせよう？　その聖女はただの人間だ、別の世界で自分の道を歩いている普通の人間。それを強引に呼び出していいと思っているのか？　僕はそのせいで何もかも失ったのだ、つらいことも悲しいこともあったけれど、それでもかけがえのない故郷と人生だったのに。自分で選んで掴んだ日々にはきっともう帰れない。

両手で顔を覆う。目の奥が痛くて、熱い。けれども両目は乾ききっている。もう流れる涙すらとっくに涸《か》れた。……分かっている、どんな世界であろうとたくさんの無辜《むこ》の民の人生が乗っているのだ、滅ぼしていいわけがない。僕は御子としてこれから先の人生を生きなければならない。そして幸せにならねばならないのだ、この世界で。

そんなことが出来るのか、と声もなく胸の中で叫ぶ。

どうして僕一人に世界の行く末を押しつけたりするのだと掠《かす》れた独り言が漏れるが、同時にリンデンさんの言葉が思い出された。御子には『神狼』が、あなたにはエドガー様がいます、と。

今夜も抱かれるのだろうか。

嫌ではない。

つらいとも言わない。

けれどあの人も何も言ってくれない。

王なのだ、望めば僕などよりもっとふさわしい閨《ねや》の相手がいくらでも手に入るだろうに、どうして僕を抱くのだ。

その問いかけにリンデンさんは明確な答えを与えてはくれなかった。

御子だからなのか。やはり体液に価値があるからなのか。

『御子』と『神狼』は二人で一つと言われた。それすなわち、あの人は僕と同じく世界の行く末を背負わされた獣。僕はこの世界でただ一人の異世界人、そしてあの人はこの世界でただ一人の獣の姿をした人間。

いつかあの人と、今僕が持っているこの気持ちを、重圧を分かち合えるのだろうか。

＊　＊　＊

こつん、こつん、と杖の音が規則的に響く廊下。この日の夜は少し様子が違った。リコリスさんに付き添ってもらいながら王の寝室へと向かうが、いつものあのお茶がなかった。少しの不安を抱えながら寝室の扉を開けると、いつもは明かりを一つだけ残してあとは全て消されているはずの薄暗い部屋が今夜は少し明るかった。

それは、カーテンが開いているせいだと気がついた。王の寝室の窓は僕の部屋とは向いている方角が違うのか、黒い空には僕の知る地球のそれとは違う異様に大きな白い満月が鎮座する。

王はベッドではなく椅子《いす》に腰かけていて、酒瓶が置かれたテーブルの上に空のグラスをことりと置くと僕の目の前まで歩み寄ってくる。リコリスさんから王へと受け渡されるように僕の体に獣の毛並みの腕が回される。リコリスさんは役目を終えると静かにお辞儀をして引き下がるが、その一瞬、王のことを僕でも分かるほどに凄《すさ》まじい殺気の籠《こ》もった視線で射貫《いぬ》いた。

　僕はそのメイドさんにあるまじき怜悧《れいり》な表情に凍り付いたが、王の方は黙ってそれを受け止めると、ゆっくりとドアを閉める。

「恐ろしい侍従をリンデンもつけたものだ。……御子を乱暴に扱ったら殺すぞと言いたげだったな」

　いつもは無言のまま衣服を脱がせ始める王がぽつりとそう呟いたのに驚き、僕は言葉を返せずに押し黙ってしまう。王は動揺する僕を少し困ったような視線で見ながら、腰を抱いたまま椅子へとエスコートするように導く。

　ふと見上げると狼の双眸《そうぼう》は僕の胸元を見ていた。

「傷は痛むか」

「あ、いえ、かなり良くなりました。毎日診察と処置をしてもらっていますし、傷口はもうほとんど閉じました。えっと、……この国の傷薬はよく効きますね」

「そうか。いや、…………すまなかった。謝って済むことではないと承知しているが、まずは詫《わ》びさせてくれ」

　突然の謝罪に驚いたが、同時に納得があった。気にしていてくれたのだ。やはりこの人は噂《うわさ》に聞くほど冷酷な支配者ではないのだろう。初めて出会った時の禍々《まがまが》しい気配はもうまったく感じない。今なら会話が出来る、そんな確信があった。

「僕は人間で、敵国で『聖女』と呼ばれていました。その立場に甘んじてもいたんです。ですから、お気になさらないでください。バルデュロイ王」

「そういうわけにはいかん。償うつもりで詫びた。何か望むものがあれば言ってくれ」

「では……理由を聞いてもよろしいですか？」

「……爪《つめ》を立てた理由か」

「はい。差し支えなければ」

「人間が、嫌いでな。それで己の片割れと呼ばれる存在がその人間であることを目の当たりにして、激情のままにお前を殺しかけた。要するに気持ちの整理がつかず、短慮を己で抑えられなかっただけのこと。王としてあまりに不甲斐《ふがい》ない真似《まね》だったと思っている」

「いろいろあったとリンデンさんがおっしゃっていました」

　ああ、と王は頷きながら新しいグラスへと瓶を傾ける。注がれる澄んだ水色の飲み物、香りは甘いがはっきりとお酒の匂《にお》いがした。瓶の底には花が一輪沈んでいる。

　グラスを目の前に差し出されるが僕は酒にあまり強くはない。いただきますと告げて少しだけ口を付けてみる。うん、思ったより度数は低そうだし、口当たりも柔らかくて柑橘《かんきつ》のような後味が爽《さわ》やかだ。

　王は同じものをグラスに半分ほど注ぎ入れ、一気に獣の歯列の間に流し込む。それから窓の外の巨大な月を眺めながらぽつりぽつりと語り始めた。

バルデュロイ王の母は誰にでも分け隔てなく接する優しい獣人だったそうだ。王妃として、多民族国家の国母としてふさわしいその愛情溢《あふ》れる人柄で国民にも慕われていた。だがその優しさは同時に甘さでもあった。

公務で街を歩いていた際、王妃は道の脇《わき》にうずくまる人影を見つけた。その男は衣服に血をにじませていて、怪我人だと思った王妃は真っ先にその人物に駆け寄ってしまった。そして衛兵たちが助けに入る間もなく、王妃は突き出された短剣に一瞬のうちに胸を貫かれ、物心ついたばかりの息子の目の前で折れた花のように倒れた。心臓を正確に一撃で貫くその技術と直後の素早い逃走、怪我人を装った暗殺者だとすぐに周囲は気がついたが時すでに遅し。急いで王妃を治療するも助けることは出来なかった。

暗殺者は捕まえてみれば人間だった。獣人に比べて弱い種族、獣人に最も警戒されない種族だ。それを逆手にとって周囲を油断させて。弱い人間でしかも怪我人であればあの王妃は決して見過ごすまいと、その優しさを利用して。

結局暗殺者は捕まえたものの依頼人の名を吐くことなく自殺してしまい、幼き王子は以後人間を信用しなくなった。母の善意を死因に変えた卑劣な弱者を許しはしないと怒りを心に刻みつけたまま育ってしまった。

「あれ以来ずっと、我は己を、人間を憎む心を止められなかった。人間をひとくくりにまとめて嫌うのは間違っていることも分かってはいた。母がそんなことを望みはしまいと分かっているにもかかわらずな。リンデンやライナスのおかげで、この国に住む人間に無体な真似をしなかったのは奇跡かもしれぬな。日々、暗闇《くらやみ》に呑《の》まれていく心ではもう何が正しいのか判断すら出来なかった。……お前があのまま現れなければ、ライナスやリンデンに諫《いさ》められたとしても我はいずれ自領の人間を皆殺しにしていたかもしれん」

「バルデュロイ王……、申し訳ありません。思い出されるのもつらいことを言葉にまでさせてしまって……」

「構わん、いずれ話すつもりでいた。……御子」

はい、と頷くと大きな白銀の狼はどこか緊張した様子で名乗った。

「エドガー・フォン・バルデュロイだ」

「家名が国名と同じなのですね。あの、僕はこの世界の礼儀などをあまりよく知らなくて。バルデュロイ様とお呼びすればよろしいでしょうか」

「エドガーでいい」

「えっと、それは……不敬なのでは」

「我がそれを望んでいる。無理強いはせんが」

　エドガー様、とそっと声に乗せると緊張に胸が詰まる。だがその響きは不思議と自分の中にすとんと落ちてぴたりと収まるような心地好《ここちよ》さがあった。

「御子よ、お前は人間だ。だが、お前のことを嫌っているわけではない。御子を得た今であれば、他の人間への己の思いも制御が出来る自信はある。どうか我の傍らでそれを見ていてはくれぬだろうか？」

　その言葉には揺るぎない真摯《しんし》さがあったように思う。頷く僕の前で獣が頭《こうべ》を垂れた。

「……我はお前を殺しかけたのだぞ。それでも我を信じてみようと思ってくれるのか」

「はい」

「……迷いもなく頷くのだな。幾度も辱められたにもかかわらず。異様であろう。醜いであろうこの獣の姿は。人間には我はさぞ恐ろしく見えるだろう。薬で酩酊《めいてい》していたとはいえ、屈辱と恐怖は毎夜その身に刻まれた。お前は我を憎んでいないのか」

「そうですね……驚きはしました。いきなりああいうことになるとは想像できませんでしたから。怖かったというのも少しはあります。あなたの少し怖い評判を聞いてしまっていたので。でもあなた自身から感じた恐怖は……不思議とだんだん薄れていきました。今は怖くもないですし、憎んでなどいませんよ」

　正直に胸の内を告げる。怖いと感じていたなどと言ってしまえば気分を害するだろうかとも思ったが、なぜか大丈夫だと思えた。

王……エドガー様はやはり静かに僕の言葉を受け止めてくれた。

「お姿にも驚きはしましたけど、あなただけが特別に衝撃だったということはないですね。僕がこの世界の人間でないことはご存じですよね？　なので初めて獣人さんを見た時も、リンデンさんたち樹人さんを見た時も同じように驚きました。僕が生まれ育った世界で文明を築いていたのは人間だけだったので」

「そうか……まるで魔獣のような我の姿を厭わないでくれるのか」

「恰好《かっこ》いい……綺麗……？　上手《うま》く言葉が見つかりませんが素敵だと思います。その毛並み、雪原のように清らかで月光のように荘厳で。白銀の狼……『神狼』と呼ばれておられるんですよね？　本当にこの世界の神様みたいです。野性的な眼光も力強い体軀《たいく》も僕は好きですよ」

思うままに彼の印象を口にすると、御子、と小さな声で続きを遮られた。

「あ、ごめんなさい、見た目についてあれこれ言うなんて失礼でしたね」

「いや、そうではなくてな……何というかな、世辞と分かっていても気恥ずかしい。それくらいにしてくれ」

「本音だったのですけれど、僕は犬派でしたし」

しばしの沈黙。こほん、と不自然な咳払《せきばら》いをしてエドガー様はこの話題を流す。そして再び顔を上げると決心したように謝罪の言葉をこぼした。強引に抱いてすまなかったと。

僕はそれに首を横に振って応える。半ば無理やりだったのは事実。けれどもエドガー様はそうしたくてしたんじゃない。暴走せざるを得ないところまで追い詰められていただけだ。

「あなたは神狼として御子を欲してしまっただけです。長年離れていた状況自体が本来の在り方と違っていたのでしょう?」

「それはそうだが、本能を自制が利かなかったことの言い訳にする気はない」

「……真面目《まじめ》な方ですね。僕の方も申し訳なく思うところがあるのですよ。男……、でし。女の人だったらあなたと並んでももう少し絵になったかな、と。本当に自分が『豊穣の御子』なのかも未だに自信がないですし……」

「間違いない、お前だ。お前以外にない。我にははっきりと分かる、心と体の全てがお前を求めている、今この瞬間すら理性が負けそうなほどだ！　男か女かなどどうでもいい、お前であればそれでいい、お前に傍にいて欲しい……」

まるで求婚のようなその言葉に僕が返事を出来ずにいると、エドガー様は高揚する思いを振り払うように首を振る。

「くっ、我は何を口走っている！　すまない、分かっているのだ、お前にそれを強要してしまったら我のしていることはロマネーシャと同じだと！　それにお前こそ大丈夫なのか、男である我をその身に受け入れることに嫌悪は……」

「それは……大丈夫です。信じてもらえないかもしれませんが嫌悪とかそういうのはありませんから」

ここで自分のことをエドガー様に語るのはまだ早すぎるだろう。僕は親友のことや元の世界でのことは心に秘めたまま彼へと答えを渡した。

そして僕はエドガー様の頭にそっと手を伸ばし、頬《ほお》に触れる。エドガー様は驚いていたようだが嫌がってはいなかった。じっと動かない。五本の指は白銀の毛並みの上を滑り、柔らかくその毛並みを乱す。いつの間にか僕は笑っていた。

同じなわけがない。僕を連れてきた意味をちゃんと説明してくれた。胸の傷の一件は混乱してしまっただけ、故意に暴言や暴力を振るわれはしなかった。僕の部屋には鍵《かぎ》すらかかっていない。それにリンデンさんは言っていた。そう望むのなら世界を滅ぼしてしまっても良いのですよ、と。それほどにこの国は僕の意思を尊重してくれている。そして何より僕の中の声が訴えている、あなたは悪い人なんかじゃない。だけど、どんな人なのか。それをもっと知りたいと胸の奥が鼓動する。

「エドガー様、大丈夫です。あなたはきっと良き王であり、僕の『神狼』。僕のために苦悩してくださるそのお顔だけで十分に伝わります」

「御子……」

「お傍に、いてもいいですか？」

「お前がそれを望んでくれるのであれば」

「御子の精神状態が世界に影響を与えるそうですね。同時に『神狼』であるエドガー様にも。もし僕がこの世界を好きになれなかったら、僕が傍にいることであなたは今までより重い暗雲に呑まれて苦しむかもしれませんよ。世界を滅ぼす『狂狼』になってしまうこともあるのでしょう？」

「だとしても、もう我はお前と出会ってしまった。もはや手放すことなど考えられぬ、失うことこそもはや狂気への道だ。ゆえに構わぬ。我が全てをその心の色に染め上げてくれ。お前が世界の破滅を望むなら、我が最初に壊れよう。そして、お前の願い通りに『狂狼』となり、この世界を滅ぼそう」

「……王様がそんなことを言っては駄目ですよ」

「偽らざる本心だ」

「だとしても駄目です。あなたが染めてくれたらいいのですよ。僕の心の世界を、幸せな色に。僕は……救いたいです。かつての日々を憎む気持ちはあるんです、でも……どうか僕に世界を救わせてください……よろしくお願いします」

　ぺこりと頭を下げるのと同時に、まるで求婚を受けるようだと気づいてしまい、恥ずかしくてしばし顔を上げられなかった。

互いに本音というか、あの時わいて出た気持ちを正直にぶつけ合うように話した夜、あれ以来、エドガー様は以前と同じく夜ごと僕を寝室に招いてくれるが、やはり言葉は少なく、傷の様子について尋ねてきたり、生活に不便はないかと問うてくるだけだった。

行為自体は以前より優しくなった……というかじっと抱きしめている時間が増えた。その毛並みを素肌で感じながら大きな体に身を委《ゆだ》ねる時間は、心地好さと興奮が混じって奇妙な高揚感がじわじわと募るようだった。溶け合う熱、これが神狼と御子が本能的に引き合うということなのだろうか。僕個人とエドガー様の間に芽生え始めている繋《つな》がりではないのだろうか。それはよく分からない。

日々の生活は充実している。この世界の常識やら法律、生きる上で必要な知識はリンデンさんが教えてくれるし、教養本だけでなく娯楽小説なんかも持ってきてもらえて、自室での生活に楽しみが増えた。そして傷がほぼ完治したところで外出許可が出た。城内を歩いてみてもいいのかとリンデンさんに尋ねると、外にも出ていいとのことだった。

ただし万が一のことがあってはいけないので絶対に外出はリコリスと共に、と言い聞かされる。騎士ならともかく、メイドさんを連れていけとはどういうことなのだろう。リコリスさん本人はお任せくださいとばかりにいつも通りの笑みを浮かべていた。

六章

外出許可が出てからまずは城の中を歩いてみた。

「傷のこともありましたので出来れば静養していていただきたかったのです。ゆえにあえてお伝えしませんでしたが、もともと城内であれば出入りは自由だったのです」

そうリンデンさんは言っていた。

城はいくつかの区画に分かれているようで、僕に与えられている個室は王の私室や寝所を含む城の最奥だったようだ。このあたりを警備しているのは騎士さんの中でもかなり階級の高い人たちなのだろう、誰もが武人らしい風格を備え、礼節をもって接してくれる。すれ違う騎士さんに僕が会釈をすると、向こうはきっちりと腰を深く折っての礼を返してくれるので少し緊張してしまう。

こつりこつりと石の床に響く杖《つえ》の音。長い廊下。窓から新緑を透かした光がこぼれていて美しい。無数に並ぶドア、あちらこちらに優美な曲線を描く階段、高い柱と広間。大きな城は探索しているだけで疲れてしまうほどの広さ。

実際、最終的には迷子になってしまって、ちらりと背後のリコリスさんを振り返る。すると彼女は僕が何も言わなくてもこの情けない事態を察してくれた。

「そろそろお疲れでしょう、お茶を淹《い》れておやつにしますのでお部屋にお戻りください、御子《みこ》様」

いつもと何ら変わらぬ優しい笑顔で僕に恥をかかせないように自らの提案という形で助け船を出してくれて、そのメイド力の高さには脱帽するしかなかった。

翌日は一階の蔵書室を案内してもらった。名前からして図書館のような場所を想像していたのだが、それよりは少しこぢんまりした部屋で、中央にゆったりとした椅子《いす》と机が何セットか置いてあり、四方に本棚があるとはいっても普通の部屋の大きさだ。

だがリコリスさんが壁にあったレバーのようなものを押し下げると、なんと床がごうんごうんと重たい音を立てて大きく開いた。その下には階段。先に広がるのは見渡す限りの本棚が並ぶ地下大図書館。一生かかっても読み切れないほどの蔵書が薄明かりの中に静かに陳列されている。

驚きに目を丸くしていると、リコリスさんが少し笑う。

「この世界、ラストゥーザ・ベルの歴史はどの地域も戦乱と侵略の繰り返し。その中でもし自国の城が陥落して破壊されることがあっても歴史書が後世に残るように、こうして蔵書は地下に収めるのが一般的になったのです」

「なるほど……すごいですね」

「堅固で耐火性があり、湿度を一定に保つ性質がある特殊な鉱石で地下室が造られております。蔵書を長期間傷めずに保管できるという利点もあるのです」

彼女は壁を指す。確かにこの地下図書館は城壁とは材質の違う翡翠《ひすい》のような深緑色の石で出来ていた。

上の階は本を読むための明るい部屋で、本はここで探すのかと思いながら棚の一冊を手に取ってみる。本にはカードが挟まれていて、そこにはこの本を借りた者の名前が順に記載されていた。貸し出しカード、かつて自分が通った小学校の図書館と同じシステムだとなんだか面白く思う。

どんな本があるのだろうと何冊かページをめくって見てみたのだが……どの本の貸し出し記録にももれなくリンデンさんの名前があってだんだん怖くなってきた。僕の様子を見て考えていたことを察したのだろう、リコリスさんは少し呆《あき》れたような顔をした。

「ここは誰かさんの巣ですので」

なるほど、と頷《うなず》く。

さらに数日後には庭園に出てみた。お城の庭といえば整然と刈られて整えられたバラの垣根やアーチなんかがあって真ん中には噴水が……というイメージを抱いていたのだが、ここの庭は小さな森のようだった。何も整えられていない。樹《き》が生い茂り、下草が生え、小さな泉と小川もある。そこに自然に花が群れて色鮮やかな広場になっている。

休憩中らしき騎士さんが二人、転がって昼寝をしていた。切り株に腰かけて弁当を食べている人もいる。獣人や亜人の憩いの場として、あえて城の中に自然の環境を残しているのだろう。

ここの樹木は根っこで生命の大樹と繋《つな》がっていて、生命の大樹の一部なのですとリコリスさんが語る。もしかすると地下では城がまるごとあの樹に抱かれているのだろうか。話のスケールが大きすぎて想像がつかない。

こうして昼は城内探検やお勉強、夜はときおりエドガー様に寝室に招かれる毎日を過ごしていたわけだが、ある朝、普段より早い時間にノックの音があった。

まだ寝起きで寝間着姿なのでどうしようかと思ったが、相手は勝手にドアを開けてしまう。よ、と軽い挨拶《あいさつ》を投げかけてくるのはライナスさんだ。戻られていたのかと僕が喜ぶと、彼もご機嫌な笑みを見せてくれる。

「無事にお戻りになって安心しました」

「そんな危険な仕事はしてねぇよ、最近はな。お前さんも元気そうで何よりだ」

それは戦後処理も落ち着いてきたということなのだろうか。それが、豊穣《ほうじょう》の御子を傍《そば》に得て落ち着いたエドガー様の影響なのだとしたら、僕の存在にも価値があったようで嬉《うれ》しい。

「それよりも悪かったな。約束守ってやれなくて」

「約束？」

「馬車の中でしただろ？　守ってやるって」

「ああ、それならあの場で王であるエドガー様に怒ってくださってたじゃないですか。王に臣下が逆らうことがどういうことなのかは僕にでも分かります。そのお気持ちだけで十分です」

「はぁ、リアンもお前ならそう言うだろうって言ってた、まさにその通りだな。なら、あいつのことも許してくれたのか？」

　その問いかけの返事にはいささか窮したものの一応頷いておいた。

「そうか、それなら一安心だ。よし、朝飯がまだだろう？　一緒に食おうぜ。おう、そこの頭が無駄に派手なお花畑、コウキを会食広間まで案内してやってくれや」

「かしこまりました、頭が無駄に光っている麦畑将軍様。御子様のお召し替えの後にお連れいたしますのでしばしお時間をいただきます」

　一瞬二人が何を言っているのか分からなかった。だけど、僕の部屋の前に控えていたリコリスさんと、廊下の真ん中で腕組みをするライナスさんが互いに微笑《ほほえ》みあう。そして僕は察した。あ、駄目だこれ、お互い目が笑ってない。あたりの空気が凍《い》てついている。

艶《あで》やかで深い紅茶色の髪に美しい深紅の花を咲かせた樹人のメイド。収穫間際の麦畑のような黄金に輝くたてがみを誇る獅子《しし》獣人の将軍。仲が悪いのか。混ぜるな危険なのかこの二人は……？

そんな一騒動はいつものことなのか、その後は何事も起こらずいつもの緑色の装束に着替えてリコリスさんと共に三階にある会食広間というところまで行くと、そこにはリンデンさんの姿もあった。向かいにはライナスさんとリアンさんが並んで着席し、そして一番奥の上座ともいうべき場所にはエドガー様がいた。

国のトップと重鎮を集めての朝食という光景に思わず背筋が伸びる。リアンさんも同じなのか少し表情が硬い様子だったが、僕を見て口元を緩める。一番面喰らったような顔をしていたのはエドガー様だった。なぜ御子がここに、と言いたげな表情。まさか僕の参加はまずかったのだろうか？

そういえば席もない。朝食だと言われたが用意されていない。リコリスさんもそれにすぐに気がつき、どういうことかご説明をとライナスさんに詰め寄る。だがライナスさんはそのメイドが発する『威圧』を受け流し、僕のもとに来るとひょいと僕を抱え上げてそのままずんずん部屋の奥へと運ぶ。そしてよいしょと僕を乗せた。エドガー様の膝《ひざ》の上にだ。

「御子様を特等席へごあんなーい」

「ま、待ってください。下ろしてください。すっすみません、エドガー様！　すぐに下りますから、あっ、杖返してください、ライナスさん！」

駄目ーと笑いながら杖を持っていってしまうライナスさん。しかもエドガー様がその逞《たくま》しい腕をしっかりと僕の胴に回してきて、背後から包み込まれてしまう。僕の顔の真横にある狼《おおかみ》の顎《あご》、初めて朝陽《あさひ》の中で見るその毛並みの輝きに思わず目を奪われる。

「ライナス、御子に強引な真似《まね》をするな。嫌がっているではないか」

「行動と言葉が一致してないぞ、国王陛下」

本能的に、ほぼ無意識に腕を回したのだろう。指摘されて初めて自分ががっしりと僕を捕まえていることに気づいたらしいエドガー様は反論の言葉を見つけられずに固まる。

「お前らは夜間以外も仲良くしろっての。すまねえなコウキ、この狼さんは恋愛のいろはを何一つ分かってねぇんだ。とりあえずこういうことから始めていけ」

ライナスさんが発した恋愛という言葉にドキリとしてしまう。未《いま》だに僕は自分とエドガーさんの関係には多少の戸惑いがある。僕たちの間に存在する感情、それは恋愛感情なのかどうか、そして僕たちの関係は現状なんと表現するべきなのか……。

『神狼《しんろう》』と『豊穣の御子』の性質を考えればその言い分は分からなくもないが、だからといって朝食中の突然の抱っこは意味不明だし不敬が過ぎるだろうと僕は首を振るが、リンデンさんとリコリスさんは揃《そろ》って頷いていた。

「仲良きことは美しきかな。これは『神狼』と『豊穣の御子』のあるべき姿……！　大丈夫です御子様、我らが王は見ての通りの大柄な体軀《たいく》、しかも馬鹿力《ばかぢから》で頑丈ですので御子様の体重などあってないようなもの。遠慮せずくつろいでください」

この状況で⁉　思わずくつろぐという言葉の意味の方を疑う。

「御子様のために随分と上等で座り心地の好《よ》さそうな椅子が用意されていて嬉しく思います」

よく見てください王様です！　この人この国の王様ですから！　椅子じゃないですよ、リコリスさん！

二人分だったか道理で妙に皿が多いと思ったと背後からかすかな呟《つぶや》き。お前の分だ、とエドガー様は僕の前にフォークとナイフ、パンのお皿やお茶を並べ始める。

このまま食べろというのか⁉　リアンさんはこの事態にどうしたらいいのかという顔で僕を見ている。どうしたらいいのかは僕が知りたい。

そうしている間にも給仕の方々がやってきては僕とエドガー様の状態に驚き、二度見していく。王の前に二人分置けと言われたので何かと思えば、あの陛下が、信じられない、とても幸せそうに、笑っていなかったか？　と向こうの方で騒ぎになっているのが思いっきり漏れ聞こえるし、こちらを覗《のぞ》き見る給仕さんたちは目に感涙すら浮かべている。

幸せそうな顔？　どんな顔をしていらっしゃるんだと思わず見上げるが、恥ずかしいから見るなとばかりにエドガー様は天井を仰いでしまう。

お、照れてる照れてる、とライナスさんが楽しそうにはやし立て、リアンさんに何かを言われていた。

そんなこんなで朝食は終わる。結局僕は最後までエドガー様のお膝で食事をする結果になった。緊張で味など分かりもしない。でも僕はきっとまんざらでもない顔をしていたのだろう。本気で嫌がっていたり困っていたりすれば、リアンさんが黙ってはいなかっただろうから。

僕が恐縮しつつもどこか喜んでいるようだったから、リアンさんは戸惑いながらも事の成り行きを見守ってくれていた。そうか、僕は嬉しかったのか、夜以外もあの人に触れられて、食事風景という新たな一面を間近で見ながらその体温に包まれて……。

思い出すと頬《ほお》と耳が熱くなった。

そういえばライナスさんにカトラリーの使い方を教わりながら食事をしていたリアンさんも少し頬を染めていた気がする。こういう場での食事の仕方を知らない自分を恥じつつも、豪快な気質からは想像できない完璧《かんぺき》なマナーを手本として披露するライナスさんを尊敬するような眼差《まなざ》しで見ていた。以前言っていた「学ぶ幸せ」を実際に見せてもらった気がする。

まあでもライナスさんは明らかにリアンさん以上に笑顔で、幸せそうだったな、うん。

食事の最後に、リンデンさんに問われた。今の生活とこれからの希望についてだ。

十分良くしていただいているのでこれ以上望むものはないけれど、自分にも何か出来ることがあればやらせて欲しいと申し出た。ただただお世話をしてもらうばかりで申し訳なく思っていたのだ。何か雑用でも出来ればと考えたのだが、そういうわけにはいかないと断られた。

『豊穣の御子』という立場はあまりに特殊なのだと優しい口調で教えてくれるリンデンさん。自分が王の片割れと言われる存在であるのだと改めて実感する。

「お前は御子としてただここにいてくれるだけでいい」

エドガー様がそう呟いているのが聞こえたが、それでいいとは思えない。

ならば『御子』として何か出来ることとやすべきことはあるだろうかとリンデンさんに尋ねると、問いをそのまま返された。

「コウキ様はどのようにお考えなのですか？」

「御子として……そうですね、まずは知るべきかと。この世界の成り立ちとか、そういう根幹の話は教わりました。ですが、もっとこう、世界の雰囲気というか実際にこの世界で生きている人々の生活とか、そういう現実を知りたいです。僕が救うべき世界に存在している物や人たちの本質を……でもどうしたらいいのか具体的にはよく分からなくて」

それならばと声を上げたのはエドガー様。城下に出ることは許可したはずだ。ただし、分かっているな？」

「市井の生活を見てくればいい。

語り聞かされたエドガー様のお母様の最期が思い浮かぶ。出歩くにしても警護は万全にしろという意味なのだろう。その場の全員が「はい」と声を揃える。そして僕は、油断せず勝手な行動はしないようにしろと言われたのだろう。しっかりと頷いておく。

「エドガー様、ありがとうございます。自分がなすべきこと、少し見えた気がします。気を付けて行ってきますね」

「ああ、脅すつもりはないが、必ず無事に帰ってくれ。我は民に恐れられているからな。お前と共に行くことは出来ないのが残念だ」

「それは……、これから少しずつでも……。そういえばこの国は僕みたいな人間が普通に歩いていても大丈夫なのでしょうか？」

「我の思いは別として、この国全体としては特に人間という種族に対する敵意や差別はない。王都でも普通に暮らしているし、ロマネーシャとは戦争中だったから国交はなかったが、それ以外の国からは常に人間が出入りしている」

「そうですか、安心しました。でも黒髪はあまりいなくて目立つんですよね？」

「そうだな、何か髪を隠せる服装を用意させよう」

バルデュロイという国の王都、この場所はバレルナという名前の街であるらしい。さっそく今日の午後に出かけることになり、今から少し楽しみだった。

＊　＊　＊

昼過ぎになって用意されたのは、いつもの緑色のワンピースよりもくすんだ深緑色の上着と黒いズボン。一般の人のふりをするのだろう、綺麗《きれい》な刺繡《ししゅう》などの目立つ装飾はないし、あえて使用感のある布で仕立てられているようだ。

長外套《なががいとう》を一枚はおり、深くかぶれるつば付きの帽子で髪を隠し目元を暗くして眼の色を目立たなくする。……鏡を見て懐かしさと既視感を覚える。どことなく男子の学生服のようだな、これ。

まさか異世界で中高生のコスプレみたいな恰好《かっこう》をすることになろうとは。いい歳《とし》してちょっと気恥ずかしいとも思ったが、さっきまでスカートみたいなものを穿《は》いていたことを思えばましになったともいえる。とりあえず下半身がスースーしないだけでかなり気分が落ち着く。

「地味すぎるぜ。せっかくのコウキの可愛《かわい》さが隠れちまってんな。これを用意した奴《やつ》にはセンスってものが欠如しているとしか思えねぇ。きっと自分の派手すぎる頭のせいで感覚が麻痺《まひ》してやがんだな」

　迎えに来てくれたライナスさんのあまりの酷評に驚くが、目立たないようにするのが目的なのだからそれで正解だろう。そもそも別に可愛くはないし。そしてリコリスさんはその意見に真っ向から反論。というか、用意したのはリコリスさんだから……。

「目立ちたがりの金ピカのけだものにはこの風情が分からないようですね。美意識が欠如してるなんて本当に可哀想《かわいそう》なお方……。愛らしい御子様があえてのこの清貧なお姿、そのギャップの妙を楽しむという趣が理解できないとは嘆かわしい限りです。ちなみにこちらの外套は国王陛下が幼少期にお出かけの際に使っていたものを少し縫い直したものですよ」

　使用感はそのせいかと納得したが、同時に少し動揺する。

……シャツではないが、これは彼シャツという状況なのではなかろうか。ライナスさんが「そういや見たことあるなそのマント」と呟きながら急に上着を脱ぎ始め、隣のリアンさんの肩にそっと載せる。こいつも彼シャツにしてやろうと言いたげなウキウキ顔だったが、真顔のリアンさんに突っ返されていた。

　今の自分にぴったりの大きさの外套。エドガー様は幼少期ですでに僕くらいの身長だったらしい。犬って一年くらいで成犬になるしな、と口に出したら不敬罪になりそうなことをつい考えてしまった。

市街の中心部まで馬車で送ってもらい、そこからは歩いて街を回る。一番前を先導するのはシモンさんと名乗った騎士さん。犬の獣人さんできりりと立った犬耳と短く刈りこまれたこげ茶色の髪、兵士らしい引き締まった表情からシェパード犬を連想した。

その後ろに杖をつく僕とリコリスさんが並んで歩き、背後を守ってくれるのはライナスさんとリアンさん。お忍びなのでメイド服のリコリスさん以外の全員が普段着に着替えているが、割と目立つ一行である。

特にライナスさんが、それはもうとにかくライナスさんが目立つ。

群衆から頭一つ抜けた大柄なシルエットと黄金色の髪がまず人目を引き、将軍様？　という声すらあがる始末、そして人々の視線は続いてそのすぐ前のリコリスさんをとらえる。凛《りん》と歩を進めるメイド服。紅茶色の髪と咲き誇る花。そして花すらかすむ絶世の美貌《びぼう》に誰もが釘《くぎ》付けである。

……お忍びという目的が達成できているのかは謎《なぞ》だが、とりあえず僕は目立っていない。

まずは市場を見て回ったが、それなりに人の行き交いと活気はあるものの、そのにぎわいに品物の量が追いついていないように見えた。店先に売り切れや入荷待ちの札がときどき見えるし、屋台に積まれた果物や野菜も山盛りというわけにはいかず、そこそこの量しかない。飢えているとまでは言わないがやはり世界的に食糧危機の兆しがあるというのは事実なのだろう。

　仕立屋の前を通ると、冬に向けての防寒着用の布が全然入ってこない、今年も東の方での綿花の生産が上手《うま》くいかなかった、という店主と従業員の会話が聞こえた。食料だけでなく、植物由来のものは全《すべ》て生命の大樹の衰退と共に失われてゆくのかもしれない。

　多民族国家バルデュロイの王都バレルナ。さっきの仕立屋の二人は背中に茶色い羽があり、体がすらりと細かった。城の本で見た知識を頭から引っ張り出す。あれは翼人という種族だろうか。向こうで荷車に藁束《わらたば》のようなものを積んでいるのは大柄な人間……かと思ったが額の左右に短い角が突き出ていた。あれは確か鬼人と呼ばれる人たちの特徴だ。

　やはり獣人が一番多い。鬼人さんと一緒に作業をしているのは同じくらいに立派な体格の獣耳の中年男性。あれは熊《くま》の獣人だろうか。白いうさ耳を揺らして跳ねるように軽快に道を行く男性に、くるりと巻いた角にふわふわの頭髪の羊の獣人のおじいさんとおばあさん。幼稚園くらいの子供たちの集団がわいわいとしゃべっているかと思えば、丸い耳と細い尻尾《しっぽ》のネズミの獣人さんの集団だった。商談をしているようなのであれは多分大人なのだ。

　人間の姿もちらほら見た。人間と同じ体格だが、頬から首にかけてびっしりと鋼の色の鱗《うろこ》を生やした人を見て少し驚いた。爬虫類《はちゅうるい》らしき尻尾もある。あれはどういう種族なのかとリコリスさんに尋ねると、竜人種だと教えられた。

本当にあらゆる種族がいる。そして教わった通り、不自然なまでに女性は少ない。というよりほとんど見かけることはなかった。

飲食店が多い通りでは軽食を片手に歩く人も多かった。何か食うかとライナスさんに提案される。城の外の食べ物は確実に安全だとは言えないと思っているのかリコリスさんはあまりいい顔をしなかったが、民の生活に触れるのが目的なので食べ物も実際に味わってみたい。

どれにするかと聞かれてもよく分からなかったので、とりあえず手近な店の唐揚げのようなものを頼んでみたが、食べてみると固めて揚げたポテトサラダのような食感で意表を突かれた。味は薄い。材料が何なのかすら分からない。個人的にはあまり口に合わなかった。

次に買ったのは薄切りのニンジンを素揚げしたスナックのように見えるもの……だったのだが食べたら甘くて驚いた。果物だこれ。スイーツだったのか。正直不思議な食べ物が多い。

城で出してもらっていたご飯はかなり人間向きにしてあったのだな、と気づく。

シモンさんは仕事中だからなのか食べない。リコリスさんは僕が食べるものを先にひとかけらだけ千切って食べる。『豊穣の御子』に何かあってはいけないと毒見をしてくれているのだろうが、女の子にそんなことをさせるのは気が引ける。その必要はないですと言ったのだが、そのご命令は承れませんとにこやかに断られた。

　後ろのライナスさんはもりもり食べている。昔はこの辺でよく買い食いしてたなぁとしみじみ語り、懐かしの味をリアンさんにも押しつけている。リアンさんは僕の護衛をしている最中だからと最初は拒否していたが、お前も社会勉強が必要だろと説得されて最終的には食べていた。僕と同じ不思議そうなリアクションをしながら。

「なあ、このあたりにお前の家あったよなあ？」

　最後尾のライナスさんがシモンさんに呼びかける。はいと頷くシモンさんは僕に向けて語る。

「自分は孤児院の出身でして。すぐそこを曲がった先にあるのですが、今も多くの子供が暮らしています。自分もこの国に育てていただいたようなものです」

　国営の施設なのだろう、親族がいなかったらしいシモンさんは国に恩義を感じながら育ち、こうして騎士になったというわけか。

「あの、見に行ってもいいでしょうか」

　そう尋ねると、喜ばれると思いますと返答しながらシモンさんはわずかに表情を緩めた。

きゃあぁ、と可愛い歓声が上がる。白い屋根に蔦《つた》の這《は》う赤レンガの壁、小さな庭付きの孤児院を訪ねると、管理人だという男性がシモンさんを覚えていて、どうぞと快く中へと通してくれた。そしてお客さんだと嬉しそうに飛びついてくる子供たち。獣人の子供がほとんどだったが、皆、反則級の可愛さだった。ほっぺたのまるい輪郭に獣の耳の組み合わせが堪《たま》らない。

「でっかいおじさんー、抱っこー！」

ライナスさんがさっそく子供たちの標的になる。

「よっしゃ順番な！」

威勢のいい掛け声と共にかつて僕もやられた高い高いを披露するその姿はとても『豪嵐の荒獅子』の二つ名を持つ、大国の将軍には見えない。

その横でリアンさんも子供に囲まれる。

「狼のおじさん！　がおーして、がおー！」

遠慮のないリクエストをされている。断れなかったのか、リアンさんはためらいがちにガオー……と細く吠《ほ》えてみるが、子供たちはきゃはははと笑った。

「怖くなーい」

「全然怖くないっ！」

みんな大はしゃぎだ。恥ずかしかったのか赤面するリアンさんをライナスさんが上からその目に焼き付けようとしているのか密《ひそ》かにガン見している。

しかし子供は正直だ、変な色ーと騒がれるとちょっと困ってしまうので僕は黒髪黒眼を見破られないように後ろに下がって目立たないようにしていたのだが、大丈夫ですよと言いたげにリコリスさんが僕に小さな袋を手渡してきた。中にはカラフルな包みのキャンディのようなお菓子が入っている。

子供たちはそれを見つけると一斉に僕に群がってくる。ああ、可愛い！　至近距離で獣人の子供の無邪気な様子を楽しみながら、一人一人にお菓子を手渡してあげる。みんなお菓子に夢中で僕の髪の色など見てもいない。

僕の教室に来ていた子たちのピアノの発表会の後の懇親会もこんな感じだったなとふと懐かしさがこみ上げてきたがそれからはあえて目をそらす。

至近距離で見た子供たちは十分な食事がとれているようで痩《や》せている様子はなかったが、身に着けているものはどれも使いこんで擦り切れそうな衣服ばかりだった。孤児院の家具もかなり年季が入った物ばかりに見えるし、壁や床にひびが目立つ。割れた窓ガラスが板で補修されている。経営状態があまり良くはないのだろう。

「リンデンもエドガーもなんとかしたいと頑張ってんだけどな。戦時中の上に今の状況が重なっちまってるからな」

「いえ、ライナス将軍。陛下や宰相様がここのことに心を砕いてくださっているのは我々が一番よく知っておりますので」

確かに、国としても限りある予算を国内全ての孤児院に割り振らねばならないとすれば、この現状も仕方のないことなのかもしれない。ライナスさんが言うように戦時中であれば孤児の数は増える一方だろう。

それでもシモンさんが言うようにこの孤児院はそうして親をなくした子たちに国の騎士を目指させるほどの存在というわけだ。国として善政が敷かれているのは確かだろう。

子供への福祉がしっかりしている国に間違いはないと僕は思う。

シモンさんは管理人さんと話し込んでいる。積もる話もあったのだろう。その背後の管理人室に僕は懐かしいものを見つけてしばし茫然《ぼうぜん》とする。

古めかしい木製の佇まい、並んだ白鍵《はっけん》と黒鍵《こっけん》。あれは……！

「御子様、いかがなさいましたか」

「あの、リコリスさん、あれは」

「オルガンですね」

「この世界にもあったんだ……」

僕のただならぬ反応にリコリスさんはぴんと来るものがあったのだろう。

「演奏されるのですか、でしたら城の御子様のお部屋にも一台ご用意させていただきます」

「いえ！　さすがにそこまでは……！」

　そしてその会話を聞きつけたらしい管理人さんが、ご自由に触ってもらっていいですよと言ってくれる。以前ここを管理していた年老いたシスターがよく弾いてくれていたのだが、彼女が亡くなった後は弾ける者がおらず、放置されていたらしい。

　歩み寄り、鍵盤《けんばん》の前に立つ。……その黒鍵の配置すら僕の知るピアノと同じで驚く。鍵盤に指を置いた瞬間、培った技術は忘れていないと確信する。

　リコリスさんが椅子を借りてきてくれたのでそれに座り、杖を置く。まずは鍵盤の端から端までを一つずつ鳴らして音を聞く。やはり長年放置されていたそれはかなり調律が狂っていたが、音の狂っていない鍵盤を探し出してそれだけで組み立てられる曲を脳内で探す。

　結局弾けたのは初めてピアノを習い始めた子供が弾くような簡単な童謡だったが、手の動くままにその一曲を弾き終えると子供たちが皆こっちを見て拍手をしてくれた。子供たちも喜んでいたが、一番感動したような顔をしていたのは初めてオルガンの音を聞いたのかもしれないリアンさんだった。

　帰り道、突然すごいなとライナスさんに感心された。

「あのオルガン、音がおかしかったんだろ」

「ええ、定期的に面倒を見てあげないとどうしても」

「残ってた音だけでよく弾けたな。もしかして元の世界で音楽の仕事でもしてたのか」

「……ピアノを弾く仕事をしていました。ピアニストの卵だったんです。あとは、ピアノを子供たちに教えたりもしてました」

「ピアノ、ああ、オルガンのでかいやつか。あれを演奏する仕事か！　すげえな、俺には出来る気がしねえよ、楽器の演奏とかやることが繊細すぎて頭と体が追いつかねえ」

「慣れと練習で誰でも弾けるんですよ」

嘘《うそ》だろ、とライナスさんは疑いの目で僕を見た。シモンさんはぺこりと頭を下げてくる。久しぶりにあのオルガンの音色が聴けて嬉しかったと語る。母代わりであったのだろう亡きシスターとの日々を思い返す彼は少し切なそうだった。

僕の横でリコリスさんは珍しく個人的な感情を出すように笑っている。ご機嫌な様子だ。

「御子様の演奏を聴かせていただいたとリンデンに自慢しましょう、国王陛下にも自慢しましょう、うふふ」

歌うようにそう囁《ささや》く。そんなに羨《うらや》ましがられるようなことではない気がするので、自慢したところでふーんと流されるだけなのではと僕は思うのだけれど。

＊　＊　＊

翌日は生命の大樹を見に行こうと提案された。ライナスさんとリンデンさん、リコリスさんが付いていてくれるようだ。リアンさんはどうしたのかと尋ねると、今日は城でこの国にやってきた移民に向けての支援制度的な説明会が開かれているとのことで、リアンさんもそこに参加して社会勉強中であるらしい。

昨日と同じ外出用の恰好に着替え、いざ出発。とはいっても大樹が鎮座しているのは城の真後ろで、敷地内である。ピクニック感覚なのかリコリスさんはお弁当だという大きなバスケットを持っている。女の子に重たそうな物をずっと持たせておくのもどうかと思ったが、あいにく片手で杖をつく僕ではそれを落とさず運べる自信がない。仕方ないのでライナスさんにお願いしてみる。

「あの、すみません、こんなことを将軍さんに頼んじゃ駄目だと分かってはいるのですが……」

「コウキ、落ち着け。この俺が魅力的なのは大変よく分かるが浮気は良くないと思う。一夜の過ちとしてお前の希望を叶《かな》えてやりたいとも思うがさすがにエドガーを裏切るのは気が引ける。いや、バレたら間違いなくエドガーに殺される。それに俺は今、一人に絞ってるところだ。なっ、エドガーは面白みもない不器用な奴だろうがあれでなかなかイイ男だ、出来れば愛してやってくれ」

「何をおっしゃる⁉」

「え、一夜密かに俺と愛を交わしたいとかそういう依頼じゃなかった？」

「まったくもって違いますよ⁉　リコリスさんの荷物が重くて大変そうなので、出来たら手伝ってあげてもらえないかと、そういうお願いだったんです！」

「必要ねえだろ。あいつ樹人のくせに、見た目の百倍馬鹿力だし」

「でもあの大きさの荷物はさすがに女性には大変かと……」

「お前何言ってんだ？　あいつは男だぞ」

「……すみません。ちょっと幻聴があったのでもう一度……」

耳に飛び込んできた単語を上手く理解できなかった僕がそう言うと、瞬きのうちに僕とライナスさんの間にバスケットを抱えた赤い影がずんと割り込んだ。リコリスさんの唇が消えかけの三日月のような凶悪な笑みを作る。

「ライナス様、お弁当運びを手伝ってくださるそうで。ご厚意感謝いたします」

「手伝うとは言ってねえだろ」

「ご厚意感謝いたします！」

ずんと手元に無理やりバスケットを押しつけられ、思わず受け取ってしまったライナスさんは次の瞬間、低くうめいて言葉を失う。バスケットに両手と視界の一部をふさがれたその刹那《せつな》、リコリスさんの黒い編み上げブーツの踵《かかと》がライナスさんのみぞおちに沈んでいた。

「ぐぉっ、て、てめぇ……！」

「ライナス様、お弁当を落とさないようにお願いいたします。まさか非力な樹人の私でもここまでちゃんと運んでこられたものを、立派な獅子の獣人であるあなた様が落とされるわけはありませんよね！」

言葉の最後に二度目の蹴《け》りが炸裂《さくれつ》。どごっ、と人体から響いてはいけない音がしている！　ライナスさんだからなんとか踏みとどまったが、普通の人間だったら一撃でノックアウトされかねない見事な中段蹴りに僕は戦慄《せんりつ》する。

そしてついにキレたライナスさんがバスケットを放り捨てようとすると、リコリスさんがわざとらしく、ああとその美しい顔を歪《ゆが》ませて嘆く声を上げる。

「みんなのお昼ご飯が！」

「うるせぇ！　お前の作った弁当なんざ食う気にならねぇんだよ！」

「そのバスケットをひっくり返したらリアン様が悲しみますよ」

「リアンは今関係ねぇだろ！」

「今朝方、皆様でどうぞとリアンさんが作って持ってきてくださったおかずも一緒に詰めましたのに」

「…………本当かそれ」

「ライナス様がよく食べるのでおかずの足しになればと思って作ってきた、料理の勉強は始めたばかりなので不味《まず》かったら処分して欲しい、とおっしゃっていましたが、とてもお上手に出来ていましたよ」

リコリスさんが勝利を確信した目でうろたえるライナスさんを見上げる。以後、ライナスさんは無言のまま大人しく粛々とバスケットを運んでいた。その光景をリンデンさんが、またあなたたちはと言いたげな呆れた目で見ている。

……さっき何かリコリスさんが男だとか聞こえたけれど、きっと僕の聞き違いだろう。こんな美貌を誇るメイドさんがまさか男性のわけがない。そう、きっと少々胸が控えめで背が高めで力が強めなだけの女の子だ、うん。

以前、生命の大樹は立派すぎて近づくと逆に何も見えないとライナスさんが言っていたが、本当にその通りだった。何百本もの樹がうねって絡み合って出来たような巨大な幹はどこまでも続く茶色の壁だったたし、そこかしこから茂る緑の枝葉でもう周辺の森と大樹の境目もよく分からない。とにかくスケールがすごくて真下からでは何がどうなってるのかさっぱりの状態だ。だけど吸い込む空気の清浄さははっきりと感じられる。

遥《はる》か高所からの木漏れ日がぼんやりと差す広場を見つけ、敷物を広げてお弁当タイム。

リコリスさんが用意した食品サンプルかと思うような完璧な造形のおかずとは別に、小学生が初めて作ったコロッケのようなちょっと個性的な形のおかずが入っている。なるほどこれがリアンさん作のおかずか、と気分がほっこりする。

ライナスさんはそれを独り占めしたい気持ちと、皆に配ってリアンさんを自慢したい気持ちがせめぎ合うのを隠しきれていない。最終的に今日は特別に皆にも分けてやるとリアンさんお手製のおかずを配ってくれた。コロッケかと思ったが中はほぼ肉でメンチカツに近くて美味《おい》しかった。

食事を終えて散策に行こうかと立ち上がる。リンデンさんは敷物の上で読書を始めていたが、自らもまた一本の樹のような雰囲気の彼が緑に囲まれた景色の中で古書をぱらりとめくる姿はまるでキャンバスに描かれた森の精霊のよう。隣でライナスさんがぐうぐうといびきをかきながら昼寝を始めてしまったのでそれを目に入れなければ、とても神秘的な光景だ。

リコリスさんは木の根や草が多い足元の悪い場所で杖をつく僕が転びそうになった時にすぐに支えられるようにと常に傍についていてくれている。

「生命の大樹の根元をぐるりと一周歩いてみたいですね」

ふと思いついてそう言うと、何日かかるか分かりませんよとにこやかに返された。

そうしてしばらく散歩をしていると、木陰に何か潜んでいるのに気がついた。とても大きな獣の影。一瞬犬かと思ったが全然違う。その迫力も大きさも、僕の知っている犬ではない。

あの眼光の鋭さと体躯は犬ではなく狼か、僕の顔の高さより遥か上に頭がある。四《よ》つん這《ば》いでその体高だ、立ち上がったらどれだけの大きさになってしまうのか想像もつかない。

しかし自然の森と繋がっているとはいえ王城の敷地の中なのになぜあんな大きな獣が野放しにされているのだ。

「リコリスさんっ！　あれを!!」

「……あれは……どうしてここに」

「あの大きさ、もしかして魔獣と呼ばれる獣ですか？　に、逃げないとっ」

「いえ、危険はありませんね」

「そうなんですか!?」

リコリスさんは少し戸惑いつつも「はい」と頷く。それと同時に獣は茂みを掻《か》き分《わ》けて木陰から全身を現す。やはり大きい、そして陽の下で輝くその毛並みも凜々《りり》しい獣の顔もどこかで見たことがある。それは、この国の王のそれと同じに見えた。

「え⁉　え、エドガー様……⁉」

　いや違う、いくらエドガー様が二足歩行する狼に見えるといっても、彼は人間と同じ服を着て人と同じ動作をする骨格の持ち主だ。だが目の前の巨大な狼は完全に獣そのもの。

　エドガー様ではない。ただ顔が瓜二つ《うりふた》で毛の色が同じだけの……野生動物なのだろうか？

　王宮で飼っているという可能性もあるけれど、首輪などは見当たらないのでその可能性は低そうだし。そもそも、ぺろりと人を丸呑《まるの》みにしそうなペットは嫌だし……。

　白銀の狼はのしのしと歩むと僕の眼前に迫り、そこでお座りの体勢で腰を下ろして上から僕を見下ろす。怖くないわけではないけれど、隣のリコリスさんも平然としているし、とにかく目の前の狼は人を襲う獣ではないのだろう。

　ならば犬派の僕としては黙ってはいられない。

「うわあ、大きい……狼さんですね。立派な体でかっこいい……野生の狼さんなんですか？　触ったりしても大丈夫でしょうか？」

　僕の言葉に狼はじっとこちらを見る。リコリスさんもどうしようこれ、みたいな顔で狼を見ているし、向こうでリンデンさんも手元の本を閉じてこっちを茫然と見ている。ライナスさんも寝転がった姿勢のままぽかんと狼を眺めている。

　もしかしてすごく珍しい動物なのだろうか。見た目は狼だけど確かに大きいしなぁ。国民的アニメ映画に出てきそうな感じだし。そんな狼は湿った鼻先を僕の胸元に寄せる。すんすんとまるで匂《にお》いを嗅《か》いでくるように。

「あ、もしかしてお腹《なか》が空《す》いてるんですか？　ごめんなさい、お弁当は全部食べてしまってもう何も残ってなくて……」

ぶふ、と向こうでリンデンさんとライナスさんが揃って噴き出す。狼は長いマズルを頬に擦《こす》り付けてくる。なんだか親愛を示されている気がする。体の大きさや造形は怖いが逆にその仕草は可愛く見えてきた。勇気を出して手を伸ばして鼻の上を撫《な》でてみれば、狼は気持ちいいのかじっと目を閉じる。

「この子は名前とかあるんですか？」

「いえ、あるといえばあるような。ないといえばないような……。いえ、ありません」

珍しく歯切れの悪いリコリスさんの物言いが少し気になるがそれならば。

「だったら名前をつけてあげてもいいですかね？　すごく人懐こい子みたいですし、どんな名前がいいかな……、オオカミさんだとまんまだし、銀色だからギンさん……もいまいちですね。うーん、あっそうだ。エドガー様に似てるから、エドさんはどうですか？」

リンデンさんは突っ伏して背中を震わせている。ライナスさんはやめて腹痛い、と呟きながらこっちから視線をそらしている。一体どうしたのだろうと心配になったので何かあったのかと尋ねると、こっちは気にしなくていいから続けてくれとライナスさんに笑い

ながら言われた。

「リコリスさん、この子エドさんって呼んでもいいですかね？」

「えっええ、大変よろしいのではないかと思います……」

「エドさん、よしよし……頭も撫でたいけど君は随分と大きいから手が届かないですね」

背伸びをしてもとても無理なことにがっかりしているとこれでどうだと言わんばかりに頭を下げてくれた。もしかして僕の言葉が通じた⁉

「エドさん、君はとっても賢い狼さんなんですね……！　初めまして、僕はコウキといいます。エドさんはこの辺の森にお棲《す》まいなんですか？」

「ええ……確かにこのあたりに棲んではいますね」

そう教えてくれるリコリスさんはどこか遠い目をしていた。撫でても問題がないようなので頭の上、耳の間に手を置くと、犬とはまた違うみっしりと厚い毛皮の質感がある。

「ふさふさで良い毛並みですね。だけどちょっとお手入れが足りてないのかな……、ブラッシングをすれば艶《つや》が出て素敵になりそうなのに。あっ、もっと仲良くなったらお腹も撫でさせてもらえるかな……？　こうやってよくここには遊びにくるんですか？　それにしても本当にエドガー様にそっくりな狼さんですね。不思議です」

顔を再び上げた狼はふすんと小さく鼻を鳴らす。何か言いたげだったが、狼の顔は表情を読むのが難しい。

「顔はちょっと強面《こわもて》さんですけど、胸元も頬ももふもふで可愛いですね。……君に似てるあの人とも、もっとこうやって自然に触れ合えたらいいんですけど……」

すると目の前の狼は急に僕の腹の下にもぐるかのように姿勢を伏せて身を寄せてくる。思わずその背中に手をつくと、急に立ち上がって僕の体ごと掬《すく》い上《あ》げてきた。狼の背中に跨《また》がる形になった僕は驚きながらその背中にしがみつく。

思った以上に高い！　目の前の狼が僕の知る狼とはまるで大きさが違うというのもあるけれど、きっと馬に乗ったとしてもこんな目線の高さにはならないだろう。何より、温かく脈動しつつも人間より遥かに頑健な生き物の上に乗っかるという感触自体が新鮮で、だけど少し怖い。

毛皮を摑《つか》んでいいからしっかり摑まっとけと向こうからライナスさんが声を投げかけてくる。言われた通りにしてみると、僕を乗せたままエドさんは軽く助走をつけて地を蹴り、飛び上がった。ふわんと自分の中で一気に内臓が浮く感覚に鳥肌が立つ。落ちるという恐怖が生まれ、反射的に毛皮を摑み直す。

強く握りすぎてエドさんが痛がっていないかと不安だったが僕がしがみついていることなど気にもしていないような身軽さで生命の大樹の幹を蹴り、張り出した枝に飛び乗り、重なる葉を突き抜けてそこからまた跳躍。もうその先は何が起きたのかも理解できずに僕は必死でエドさんの大きな体に張り付くばかりだった。

がさりと大きな音を立てて抜けた先は、ひときわ大きな枝が重なり合って出来ている空中の足場。そこはまるでバルコニーのようで、エドさんはそこで足を止めると静かに身を伏せる。

吹き抜ける風の温度がさっきと違って冷たい、きっとこれはかなり上まで上っている。エドさんは僕をそこにそっと下ろして座らせるが、絶対に下は見ちゃ駄目だと己に言い聞かせる、見てしまったら平静でいられる自信がない。決して高所恐怖症ではないけれど怖いものは怖いのだ。

「あ、あのっ、エドさん⁉　どうして僕をこんなところに運んだんですか？　地上に下ろして欲しいです……。あ、絶対に置いていかないでくださいね⁉　今一人にされたら一生ここから下りられなくなっちゃいます！」

『…………すまない、怖い思いをさせたか』

「怖いに決まってるじゃないですか、あんなの…………え、しゃべ、った？」

『御子、我だ』

その声は確かに、聴き間違えようもなく、この国の王、エドガー様の声。

「え……？」

『御子は知らなかったのか……。我々獣人は、このように姿を変えることも出来る。我だけでなくほとんどの獣人も同じように』

「……へ、う、嘘！　本当にエドガー様なんですか⁉　そんなことって……‼」

『奴隷の首輪をつけられた獣人はこの姿にはなれぬからな。神聖王国では見ることがなかったであろう。リアンがお前を連れて逃げるときに姿を変えなかったのもそのせいだ』

姿を変えられる？　人間と同じ姿勢の立ち姿と、この完全な獣の姿とを使い分けるというのか、この世界の獣人たちは……。信じがたい現象に狼狽《ろうばい》する僕を静かに眺める白銀の狼は、その黒い鼻先で僕の外套をつんと押した。

『まだ保管してあったのか……。母の手縫いだ、懐かしいな』

「あ、エドガー様っ……‼　どうして最初から言ってくださらなかったんですか……⁉」

ああもう、ごめんなさい。さっきからいろいろ失礼なことばかり……！」

『言い出す切っ掛けが摑めなくてな。気にすることはない、黙っていた我が悪い。ライナスやリンデンも言わなかったというのはそういうことだ』

そうは言われても思い返すと自分の発言がひどすぎる。どうしようと頭を抱えると、髪に何かついているのに気がついた。かさりと音を立てたのは枯れ葉だった。茶色というよりは灰色に近いそれは指でつまむとぱきりと割れた。

周囲を見渡すとところどころに枯れ葉が集まった箇所が目立っていて、枝ごとに白っぽく変わってしまっているところもある。真下や、遠くから全体の緑を見ているだけでは気づかなかった発見だった。

これは枯れているのだろうか。正直枯れるというよりは、命を失っているように思える。これは樹木の代謝として正常な枯れ方なのかと尋ねると、エドガー様はゆっくりと首を振った。

『顔を上げて見てみろ』

エドガー様は自らも遥か彼方《かなた》に視線を向けながら言う。遠く森の向こうには山並みがあった。広がる濃緑の大森林、さんさんと降る日差しの下の王都はその存在を際立たせている。

城を中心に栄えてびっしりと建造物が並び、人々がひっきりなしに行き交う姿。そこから各方面へと放射状に延びた街道が蜘蛛《くも》の巣《す》のように張り巡らされ、そこにも人の営みがあり、その合間には緑が茂る。

都内を流れる大きな川がきらきらと輝き、まるで巨大な青い竜が輝きながら大地の上に悠然と身を横たえているよう。広い大陸の真ん中で繁栄するバレルナを一望して感嘆のため息を漏らすが、また足元で枯れた葉を踏んだ音がした。

「世界はこんなに綺麗なのに……崩れ始めているんですね」

エドガー様は前脚で枯れた葉に触れる。その一枚がはらりと落ちると、その下の枝には他の枯れたものとは違う若々しい色の新芽が生えているのが僕からもはっきりと見えた。

『どうだろうな……。壊れゆくばかりではないと、我も思いたいのだが』

それから二人でしばし世界の端を眺めていたが、僕が寒さに少し身を震わせると白銀の毛並みがのそりと隣に寄ってきた。触れる箇所がふわりと暖かい。この柔らかな白銀の狼の体に身を委《ゆだ》ねてもいいのだろうか。

「エドガー様」

『……エドさんではなかったのか？』

「いえ！　あれはあなただと知らずに付けた失礼な呼び方なので！」

『好きに呼んでくれて構わない。代わりに御子、お前の名を教えてくれないか……』

「あっ、そういえば僕は聞いてばかりで名乗っていませんでしたね……」

僕の言葉をエドガー様は、じっと見つめて聞いていた。

『知ってはいる。先ほども聞いた。だが今一度、御子の口から教えてもらいたいのだ』

どこか遠くを見る大きな獣は表情を変えることなくゆるりと尻尾を揺らす。

「あの……呼び方ですけど、エドガー様はエドガー様なのでもう少しこのままで……。そして、遅くなりました。僕は、森村光樹《もりむらコウキ》です」

白銀の狼はしばらく無言のまま僕を見つめ、コウキと小さく囁く。

『……コウキが名だということは、モリムラが家名か』

「はい。御子……でも構わないのですが、コウキと呼んでくださると嬉しいです」

瞳を細めて頷く獣の前で、僕は初めて自然に笑えた気がした。僕らは自然と体を寄せて荒涼とした風の中でじっと一つの生き物のように身を寄せ合う。包まれたエドガー様の毛皮からはその高めの体温が僕へと伝わってくる。

『血の匂いがなくなったな』

「胸の傷のですか？　もうほとんど閉じてますよ」

『痛むのか』

正直、動くとまだ少し痛かった。けれども僕はこの目の前の狼をしゅんとうなだれさせたくなくて平気だと答えた。そしてその前脚の先をゆっくりと撫でる。もうこの爪《つめ》を怖いとは思っていないと伝えたくて。

「この服はお母様との思い出の品だったんですね。勝手に着てしまってごめんなさい、後で必ずお返しします」

『いや、そのまま使ってくれ』

「そういうわけには」

『自らの手で縫った外套が死蔵されているよりは、誰かの肩を温めていた方が母上も喜ばれるだろう。あの人はそういう人だった』

そのまま僕たちは寄り添いながら空の端を見ていた。どれくらいそうしていただろう。僕の指先が凍えないよう、両手を揃えた膝の上にいつの間にかエドガー様の豊かな毛並みの尻尾がのせられていた。

生命の大樹の見学を終えたその日の夜、宰相の執務室を訪ねてリンデンさんに一応確認する。

「この外套なのですが、本当に僕が使っていていいのでしょうか。エドガー様にお母様の話を聞きました。子供の頃に目の前で刺されるところを見てしまったと。お母様に作ってもらった思い出の服は、あの方の心の傷に触れるのではありませんか」

するとリンデンさんは優しく表情を緩め、僕の瞳を覗きこむ。僕は何かおかしなことを言っただろうか。

「御子様は、お優しいのですね。大丈夫です、エドガー様も嬉しそうでしたよ。……そうですね。母君のこともそうですが、王はご家族に関しましてはいろいろと複雑な方でして」

そう言われて気づく。確かにエドガー様のご家族を見たことがない。お母様が王妃なのだとすればエドガー様のお父様が国王だったはず。今は元国王、か。

「お父様は城にいらっしゃるのですか」

「いえ、亡くなられています」

「……そうだったんですか」

長い話になるのでとリンデンさんは僕に椅子を勧めてくれる。同時に銀のトレーの上にカップを二つ載せたリコリスさんが現れると、部屋にお茶の葉の香りが漂う。

当時の王妃、エドガー様の母君が暗殺者の凶刃に倒れた後、国王は後妻を迎えた。やがて後妻は子を身ごもり、王家に第二子となる次男が生まれたのだった。当時まだ幼かったエドガー様は腹違いの弟の誕生を純粋に喜んだ。

それが王家の軋轢《あつれき》の始まりとなることなど知る由《よし》もなく。

やがて後妻は自分の子を次期国王にと画策し始める。周囲の側近や家臣たちの間でも意見が割れる。第一子であり敬うべき伝承の神狼であるエドガー様こそが次の王だと疑わない者もいれば、古いおとぎ話に出てくるだけの異形の獣などよりも正しい獣人の姿をした次男を次の王に立てるべきと強く主張する者も現れた。

神狼を崇拝し、長子継承の原則を尊ぶエドガー派と、獣人の王を望む次男派と後妻。王家は二つに割れてしまった。当時の王はこの事態をどう収めるべきかと苦悩していたが、後妻はその横で次男こそが正統の跡継ぎだと囁き続け、王の意思を徐々に染めていった。

かくしてエドガー様は幼少期から青年期まで事あるごとに命を狙《ねら》われた。誰の差し金なのか見当はついても証拠が出なかった。相手もまた狡猾《こうかつ》であった。この気の休まらぬ生活の中でエドガー様は心を荒《すさ》ませてゆく。それはきっと豊穣の御子という存在、つまり僕が傍にいなかったことも多少は関係しているのだろう……。

そして、自分が生まれたことで水面下の跡目争いが続いているなどとはまったく分かっていない幼い弟の存在。その子はいつも嬉《うれ》しそうにとてとてと自分の後をついて歩き、にいさまと愛らしく微笑む姿を見て、エドガー様はますます混乱した。なぜこんなことになったのだと。

全てはあの日に始まった。母君が人間に殺されたあの日から。あの日への……人間への憎悪だけがじわじわとエドガー様の腹の奥に溜《た》まってゆく。

そうして過ぎてゆく月日の中、決定的な事件が起きた。エドガー様の私室にまで入り込んだ暗殺者。そして、エドガー様を庇《かば》ってその刃《やいば》の前に飛び出したのは、実母の死後からずっと傍にいてくれた乳母だった。育ての母もまた生みの母と同じく人間の暗殺者の刃に倒れ、二度目となるその赤く染まった光景にエドガー様はついに己の中で何かが壊れるのを感じた。

暗殺者の背後関係を洗って出てきたのは父と後妻の存在。後妻はともかく父までもがもう完全にそちら側だったたか、とエドガー様は悲しむわけでもなく嗤《わら》う。そしてエドガー様はこの時より『血染めの狼王』としての道を歩み始める。こんな空虚な争いは無用、全てを終わらせると咆哮《ほうこう》し、自らの陣営であったライナスさんやリンデンさんなどの部下を引き連れ反エドガー派への宣戦布告を行う。

この争いは後に血の大粛清と呼ばれ、戦いの最後には城壁の上に現王と後妻が引きずり出された。そしてエドガー様が自ら剣を掲げてその首を刎《は》ね飛ばし、バルデュロイの歴史はここで大きな変革を迎えることとなる。

「……もう十数年も前になりますか。懐かしいですね」

語られたのはあまりに凄惨《せいさん》な過去。懐かしむような思い出話ではない、と僕は心の中で呟く。まともな心の持ち主ならここでエドガー様のことを思い、涙の一つも流すのだろう。だが、涸《か》れ果てたそれが僕の頬を濡《ぬ》らすことはない。

「エドガー様の乳母はライナス殿の母君でして。そういう意味でもあの二人は同じ母に育てられた兄弟のようなものなのですよ」

「そんな、ライナスさんのお母様まで巻き込まれたのですか……！」

「ええ、ライナス殿の母君の存在こそが、この国の歴史を変えて現状を作った切っ掛けということです。豪快さはライナス殿によく似ておられました。ですが、その強さの中にも子を持つ母の懐の深さと細やかな気遣いを併せ持つお方で、本当に素晴らしい人でした。なにせエドガー様を庇って刺されながらもナイフで暗殺者に反撃しましたからね。しかも後で尋問できるように生かさず殺さずの一撃を見事に繰り出しました。まさに女傑ですよ」

王家ともなればそういう争いは珍しくないのかもしれない。歴史の中で繰り返されてきたことなのだろう。王となること、王族として生きるとは、そういうこと。そうして作られてしまったのが『血染めの狼王』というあの人の側面。

もう繰り返してはならない、もう二度とあの人にそんな思いをさせてはいけないという切なる思いが自然と胸に芽吹く。

「そのようなお顔をさせるつもりではなかったのですが」

リンデンさんが少し謝るように言う。僕はそれに首を振り、教えてくれたことに対してお礼を返した。

「エドガー様の弟さんはどうなったんですか？　ご両親と同じように粛清の対象に？」

「弟君のバイス様は争いが表面化してすぐに、後妻の命で居場所を国外に移されていたのでご存命ですよ。弟君にエドガー様と争う意思など欠片《かけら》もなく、エドガー様も弟君のことは可愛がっておられましたから……。しかし粛清が終わった後に全てを知ってしまわれた。母に道を違《たが》えさせ、兄に争いを決心させてその手を血で汚させてしまった、父母を含め多くの死者を出したのは全部自分のせいだと気を病まれて、自ら毒を呷《あお》ってしまわれたのです。発見が早かったのでなんとか治療して一命をとりとめることは出来たのですが、それからずっと眠り続けていらっしゃいます」

「ずっと……⁉　今もですか……⁉」

「ええ。生命の大樹の力と樹人の秘術によって命を保っている状態です。意識もなく、成長することもなく少年の姿のままで静かに眠っていらっしゃるのです」

七章

　コウキが生命の大樹を訪れ、実際に我と共に大樹に触れたあの日から数日が経《た》ってい
た。リンデンの呼びかけで集まった我とライナスは会議室の椅子《いす》に並んで座って雑談をし
ている。今日は多くの臣下を集める時に使う大広間の会議室ではなく、少人数の内密な会
談用の部屋。いつものことながらあなた方二人が並ぶと部屋が狭く感じられますね、と苦
笑するリンデンは机にばさりと紙の束を置く。あちこちから上げられた報告書をまとめた
もののようだ。
　今日は急にどうしたのだとライナスが問う。
「生命の大樹に異変があります」
　リンデンのその言葉に我も隣のライナスもわずかに表情を変える。生命の大樹に何かあ
れば、世界そのものが危険に晒《さら》される。わずかな異変であってもそれは必ず何かの兆しで
あるのだから。
「そう身構えずとも大丈夫ですよ、朗報です。生命の大樹に芽生える新芽、その数が増え

ているようなのです」

大樹は常にその葉を更新している。老いた者が去り新たな命が生まれくる人の世のように、枯れた葉を散らし新芽を芽吹かせるというサイクルを季節にかかわらずずっと続けているという。だが近年は葉が枯れるばかりでそれに呼応するはずの新芽があまりに少なかった。

そのせいで葉の量は減り続け、今では一目で分かるほどに樹冠の大きさが痩《や》せていた。だが最新の調査では新芽の数が明らかに増えていた、とリンデンは力強く言う。大樹は生命力を取り戻しつつあるのではないかと推測されていると。

「コウキか」

我が思わず呟《つぶや》く。

「それしか考えられません。豊穣《ほうじょう》の御子《みこ》がこの世界に呼ばれ、そして御子が神狼《しんろう》と巡り合い、二人が揃《そろ》って大樹のもとへと参じた。何か大きな変化が始まったのかもしれませんよ。事態を動かしたのは御子様の心、コウキ様の感情でしょう」

「なるほどな、コウキがこの世界をちょっと気に入ってくれているってことか？　そんでエドガーとコウキが仲良くデートに来たもんだから大樹の機嫌が良くなったってわけか！　よし、そのまま結婚しちまえばいい」

「ライナス‼」

「ライナス殿、少々気が早いですよ」

「リンデン!!」

勝手に話を妙な方向に持っていくなと二人に向かって吠《ほ》える。だが幼なじみである獅子《しし》の獣人も、我の扱いに慣れてしまっている樹人も、我の一喝を軽く受け流す。

「そういうつもりはないって言いたいのか？　じゃあお前はコウキのことをどう思ってるんだよ」

「どう、と言われても……なかなかに難しい……。だが、そうだな傍《そば》にいて欲しいとは、思っている」

どうにも上手《うま》くまとまらず、迷うようなその言葉を頷《うなず》きながら聞く二人。

「正直人間への悪感情がなくなったわけではない。だが、以前のように視界に入れることも不快だという気持ちはない。信頼できるかどうかは、種族ではなく個を、一人一人を見て決めるべきだという当たり前の考えが取り戻せた気がする。我がそう思える心の正しさを取り戻せたのはコウキの存在があってこそ。神狼として豊穣の御子に惹《ひ》かれているというのは認めるが、それ以上にコウキのことを一人の人間として知っていきたい、と……」

こいつコウキのこととなると急に饒舌《じょうぜつ》になるなというライナスの小さな声に、聞こえているぞと呟き睨《にら》み返した。その横でリンデンはにっこりと笑む。さすがは我らが国王陛下、コウキ様の尊さをよく分かっておいでではありませんか、と満足げだ。

「コウキは我に傷つけられ、その痕《あと》は消えぬままその心臓の上に醜い傷痕を残している。それでも我を信じてみたいと言ってくれた。我はその思いに応《こた》えたい。そう、コウキの言葉、柔らかな視線と声、コウキという存在が我の中の黒い淀《よど》みをぬぐい去ってくれたのだ。コウキが寄り添っていてくれれば我は二度と闇《やみ》に落ちずにいられると……」

この話はいつ終わるんだとでも思ったのだろう、うんざりした表情でライナスは無理やり話題を畳みにかかってきた。確かに、コウキのことを語る自分が少しおかしい、という自覚はある。

「と、とにかく良かったな！　確かにコウキが来てお前さんの状態ははっきりと好転したし、大樹にも良い兆しが見えている、万々歳だ！」

ああとその総括に頷くのだが、そこに続く大きな懸念に自然と眉間《みけん》に皺《しわ》が寄る。己のあまり変わらない表情すら、さぞ曇っていることだろう。

「しかしな、救われたのは我だけだ。コウキは未《いま》だ救われていない」

「ああ？　どういう意味だ」

「おかしいと思わないのか。生まれ故郷からこちらに無理やり召喚され、聖女と祀《まつ》り上《あ》げられながらも実際の扱いは知っての通り。そして戦乱に巻き込まれて逃亡、命からがら生き延びていたところを今度はバルデュロイに移送された。その上この我に、恐ろしい化け物にしか見えぬ獣に殺されかけ、食い散らかされた。結局、聖女と御子という違いはあれど我らがコウキという存在をこの世界に求めたのは同じこと。コウキにとってこの世界は地獄であり、憎しみの対象にしかなり得ぬだろう。それなのにコウキの心に呼応して大樹が力を取り戻すことなど、あり得るとは思えんのだ」

自分で語っていて、その言葉はだんだんと力をなくしてゆくのを感じる。我の考えをじっと聴いていたリンデンが静かに言葉を続ける。

「事実ですね。我々なりに精一杯コウキ様には誠意をもって向き合っているつもりではありますが、それだけで今までの苦境やこの世界がコウキ様にした仕打ちを清算できているとは思えません。ですがコウキ様は日々積極的に学び、御子として前向きに成長しようとしてくださっています」

「その前向きさ自体が不自然ってわけか」

腕を組みながらそう呟くライナスもまた表情を曇らせる。

「ええ、生まれ持っての強い博愛精神の持ち主で、その慈悲深さゆえに自分を傷つけた世界ですら救おうと思ってくださっている、そんな風に見えなくもありません。そういう方だからこそ御子として選ばれたと考えることも出来るのですが……」

違う、ととっさにリンデンを遮った。

「コウキはそんなに特別な人間ではない。いや、性根は優しい人間なのだろう。だが、あくまで普通の人間であり、それ以上でもそれ以下でもない。コウキが抱いているあれは……あれはもっと虚《うつ》ろなものだ。コウキは確かに良き御子であろうとしてくれている。この世界のこと、ここに棲まう全《すべ》てのもののことを考えて救おうと決めたのだろう。だがあれは押しつけられた役割の、その先を見ていない」

どういう意味なのかとリンデンに尋ねられ、しばし黙ってじっと考えを巡らせる。そしてやっとあやふやな言葉を見つけて口を開く。

「空っぽなのだ。そうとしか言いようがない。世界の希望となろうとしているのに自らに希望など持っていない。コウキを知りたい、その心の奥に少しでも触れたいと思うたびにそこには何もないと思い知らされる」

「エドガー……お前、どうしてそんなことが分かるんだ？」

「我だから……であろうな。我はずっと悪夢を見続けていた。現実のこの地に己が立っていると思えなかった。どこまでも一人であるように感じた。隣にお前たちがいても我は孤独だった。己は世界の異物だと思っていた。それがどれだけ苦しいことか分かるか？　だからこそ、我は戦場を好んだ……。殺戮《さつりく》は我の苦しみを癒《い》やしてくれた……。だからこそ、我がそうであったようにコウキも同じなのであろう。我はその苦しみゆえに周囲へと牙《きば》を向けたが……牙を持たぬコウキは己を滅してしまったのかもしれん」

しん、と部屋に沈黙が落ちる。

コウキが今、世界を救おうとしているのならば、それは己を傷つけた世界を守ろうとしているということ。心を殺しての自己犠牲。

あの素直すぎる人柄の奥にある危うさには、ここにいる誰もに心当たりがある。

「それでお前はどうするつもりだ」

「コウキを……か」

「ああ、このまま世界のためのお飾りの御子様にしておくか？　お前がそう望めばあいつは多分お飾りでも完璧《かんぺき》な『豊穣の御子』でいてくれると思うぜ？」

「……分からない。世界のために、我は何をどうすればいいのか分からない。コウキのためには何が正しいのか、最善なのか分からない！　考えれば考えるほど我欲だけが増してゆく！　あれは我のものだと、もはや手放すことなど出来はしないという勝手ばかりが肥大する。コウキが何を望んでいるのかも分からないのに！　これが神狼の本能なのか、我自身の本性なのかも分からない……」

「……その気持ちは分からなくもねえな。男ってのはそういうもんだ、身勝手で、惚《ほ》れちまったらもうどうしようもない。まあよく考えてみろ。今のお前やコウキには時間がある。自分がどうしたいのかちゃんと自分に聞け、それで決心がついたらコウキにも聞け」

我は、と必死に呟きを吐き出す。

「コウキを、幸せにしたい……のだろうな……」

ライナスの言う時間など必要なかった。今の我にある気持ちはこれだけだ。

「ちゃんと分かってんじゃねえか」

ライナスは久しく見せなかった兄貴分の顔で我の頭をわしわしと撫《な》で、どこか安心したように破顔した。その隣でリンデンが真剣な目でこちらを見つめる。

「エドガー様。その誓い、このリンデンが樹人の一族を代表し、しかと聞き届けましたよ。二言はないと信じます。私も微力ながら尽力いたしますので、必ず現実のものとしましょう」

「ああ」

そうはっきりと頷きながら我はじっと目を閉じて己の中で脈動する心を受け止める。我がものだ、誰にも渡せないという独占欲、もはやあの者と共に在らねば己が壊れていってしまうと思えるほどの執着心。我だけを見ていて欲しいと願い、コウキの目に入るもの全てに対して抱いてしまう嫉妬心《しっとしん》。全ての痛みと悲しみから守ってやりたいという庇護《ひご》の想《おも》い……。何もかもが混然とし、最後には愛《いと》おしさに変わって燃え上がる。

自分自身の中にこんなものが渦巻いていたかと苦悶《くもん》し、同時に幸福を噛《か》みしめた。

こうして会議は一応の結論を導き出す。コウキには今後も今までのように、この世界を、この国を、そしてこの国の王のことを知ってもらうために可能な限り自由に過ごしてもらうようにする。それで大丈夫かとリンデンが尋ね、我はそれを了承して深く頷く。俺も手を貸すから皆でやっていこうぜとライナスが我とリンデンの肩を叩《たた》き、にやりと笑った。

一度、お茶休憩を挟み、生命の大樹についての追加調査の件や、新たに観測地を増やすなどの計画をリンデンが二人に語る。かくして会議は終わるかと思えたが、不意に思い出したことをライナスに問いかけた。

「そういえばお前、コウキと共にこの国に来た狼《おおかみ》の獣人――リアンといったか、あの男を公務にまで連れ回していると聞いたが」

「正式な騎士でも部下でもない奴《やつ》を仕事に連れてくなってか？　別にいいだろそのくらい。まあ、あいつは俺の秘書だとでも思っといてくれ」

「咎《とが》めているわけではない。現場のことはお前に一任している。ただ、どういうつもりかと思っただけだ」

「お前と同じだが？　お前がコウキだと決めたように俺はあいつに決めた」

我は少々面食らった表情を晒しただろう。そうか、ライナスはリアンを。

「……そういうことか」

「そうそう、一目惚《ひとめぼ》れ。あの小屋でコウキを守り必死の形相で無謀にも俺に挑んできた時の顔。奴隷特有の卑屈さは皆無で、俺を殺してでもコウキを守ろうとした強烈なほどに一途《いちず》な想い。あれにやられちまったねぇ。背中がぞくりとしたもんだ」

「お前はそういう趣味だったのか」

「いや、あの顔を快楽に溺《おぼ》れさせて、歪《ゆが》めて、泣かせて俺にすがりつかせたいと思う方だが？」

「……どちらにせよ歪んでいるではないか。だが、あの者のことはコウキが気にかけている。決して――」

「ああ、そんなことは分かってる。悪いようにはしねぇって、とりあえずこっちのことは気にしなさんな。お前たちほど深刻な話じゃねえし、まあゆっくりじんわりと気がついたら俺の手の中から逃げられなくしてやるだけだ」

これからが楽しみだと言わんばかりの笑顔でぶんぶんと尾を振りながら語るライナスの背後でリンデンは静かにため息をついていた。

「ご自身の発言の不穏さにお気づきでない様子。まったくあなた方はこれだから……」

机に広げた資料を集めてとんとんと揃えながら、リンデンは問題児を抱えた教師のような顔で我とライナスを眺め、やれやれとわざとらしく声に出していた。

「そういえばエドガー様、先日コウキ様に私の判断であなたのご家族について少しお話ししたのですが」

「構わん。己の過去の所業も身内の悪辣《あくらつ》さについても隠す気はない。コウキにはそれを知る権利がある。もとよりこの国のものであれば誰でも知っていることだ」

「コウキ様はあなたが身内を手にかけなければならなかったこともですが、そこまで追い詰められたあなたの境遇に対して随分と心を痛めていらっしゃるご様子でした」

「そうか……」

「あくまで提案ではありますが、一度バイス様とコウキ様をお会いさせてみてはいかがですか。あなたのご家族です、コウキ様もお会いになりたいと思われるかと」

「あの状態のバイスを見せたところでコウキは余計に心痛を抱えるだけだろう」

「それでも意味はあると私は思いますが」

「……考えておく」

その時、我らの会話を横で聞いていたライナスが、ふうんと小さく頷いたことに我が気づくことはなかった。

八章

バルデュロイの王都バレルナ、大樹のふもとの王城。自分がここへ来てそろそろ数ヵ月にはなるだろうか。私室として与えられているこの部屋からの景色ももう見慣れた風景になっているし、最初は袖《そで》を通すたびに少しの緊張があった新緑色の御子《みこ》の衣装も今は自然に身にまとえるようになった。

やっとのことで城の中でも迷子にならなくなった僕は、先日新調してもらった杖《つえ》をつきながら部屋を出る。借りていた本を返そうと蔵書室を目指しているのだ。最初のうちはリコリスさんがそういったことは私にお任せくださいと必ず言ってくれていたが、体を動かさないと鈍るので自分で行きたいのだと僕が主張して以来、彼女は僕の意思を尊重して静かに後ろに寄り添ってくれるようになった。

こつんこつんと耳触りの柔らかい音を立てる新しい杖と共に廊下を行く。材料の木材からデザインや色まで全《すべ》てエドガー様が選んで注文してくださったらしい。あいつ、これを作るのにああでもないこうでもないと十日以上も見本帳を眺めて悩んでたんだぜ、とライナスさんが笑っていた。

肉親を手にかけての革命を経て王座を手に入れ、戦場では数多《あまた》の敵を屠り《ほふ》『血染めの狼王《おおかみおう》』と呼ばれ、敵はおろか臣下からも敬われながらも恐れられた。

エドガー様の最も近くにいたライナスさんとリンデンさん以外は話しかけることすら難しかった苛烈《かれつ》なる『狂狼』であったというあの人。もしかすると人に贈り物をするということ自体が随分と久しぶりだったのかもしれない。

それは数日前のこと、出かけて戻ってみれば見たことのない杖が、いつの間にか部屋の机に立てかけられていた。御子様への贈り物だと思いますがちょっと聞いてきますねとリコリスさんが騎士さんから話を聞いてきてくれたのだ。そして、さきほど国王陛下がいらっしゃったのでその時にお部屋に置いていかれたのだと思います、という目撃証言が得られた。

プレゼントなら直接渡してくださればいいのにとも思ったが、まるで照れくさくて好きな子に直接手渡すことなど出来ない思春期の中学生みたいでちょっと可愛《かわい》いな、と微笑《ほほえ》ましい気持ちになった。

何かお返しがしたかったが相手は王様だ、下手なものを贈ったら失礼になるかもしれないし、何を贈れば喜んでもらえるのかも分からない。リコリスさんにも相談したのだが、御子様が健やかで幸福であることがあの方への何よりの贈り物ですと言われてしまった。

豊穣《ほうじょう》の御子という存在と生命の大樹が、世界の命運と呼応するからなのだろうかという考えが頭をよぎる。王なのだから自分の国を守りたいと思うのは当然だ。

そのために僕の機嫌を取るのも責務のうちなのか。しかしリコリスさんは小さく首を振り、世界がどうなるだとかは関係ありません、大切な人に健勝であって欲しいとただそれだけの純粋な思いでしょう、と優しく僕を諭してくれた。

午後、お茶の時間を終えてリコリスさんが食器の片づけに行くのと同時に来訪者があった。おうと軽快な声をかけながら現れたのはライナスさんだ。明らかに犬猿の仲であるリコリスさんと会いたくなくてわざと彼女と入れ違いになるタイミングを狙《ねら》って現れたのだろうか。

「あ、ライナスさん、こんにちは」

何かご用ですかと尋ねる間もなくひょいっと抱え上げられ、抱っこのままどこかへ運び出される。のしのしと進む足取りは速い。

「あのっ、どこへ向かってるんですか？」

「さてどこでしょう？」

「分かりませんよ」

「着いてみりゃ分かる、まあ楽しみにしてなって」

いつも通りの飄《ひょうひょう》々とした様子だったが、今日はその笑みにどこか含みがある気がした。そのままライナスさんは城の一階にまで下りてゆく。すれ違う騎士が僕を見て苦笑いを浮かべるのが恥ずかしい。だが僕を抱きかかえる獅子《しし》はそんなことを気にもせずに城の奥へと進み、さらにその奥、ひっそりと設置されていた古びた扉の前に立つ。

そこには重たそうな金属の錠がかかっていたが、ライナスさんが触れるとかちりと硬質な音を立てて勝手に開いた。特定の人だけを通す、何か魔法みたいな技術なのか。異世界から人間を呼び出す技術があるくらいなのだから、そういう不思議なものがあってもおかしくはないのだろう。

扉の先には薄暗い廊下が奥へと延びており、そこからさらにゆっくりと石造りの階段を下りてゆく。明かりは灯《とも》っているが薄暗い。秘密の通路なのか、まるで地下牢《ちかろう》でも目指しているかのような雰囲気に僕は黙り込む。

そうして恐らく地下であろう廊下をずっと真っ直《まっす》ぐに進み、今度は突き当たりに螺旋《らせん》階段が出現。緩やかなカーブを描くそれをずんずんと進み、今度は上へとライナスさんは上ってゆく。周囲は壁だけで、景色など見えない。だが上り続けた時間からして、かなりの高さまで上ってきたはずだ。

恐らく地下を抜けて地上へ、そこからさらに二階三階へとひたすらに上がってゆく。

「階段がずっと続いていますね。僕、重くないですか？」

「余裕すぎて鍛錬にもならねぇ。でも、まあ最初に拾った頃よりは肉が付いたな。リアンも心配してたから結構なことじゃねぇか」

「それで、ここはお城の中なんですか？」

「いや、敷地内だが城はさっき出たな。今は生命の大樹の真横にいる。昔は城の三階から渡り廊下が延びていて直通で行けたんだが、今は基本的に人を通さねえようにしてるからこういう回りくどい道順になってるんだ」

「昔、ですか」

「ああ、エドガーのお袋さんがいた頃だな」

「エドガー様のお母様、亡くなられた前王妃……」

「ああ、さっきの答え合わせだ。俺たちの行き先は『波際の庭』って場所」

螺旋階段を上り切った先に踊り場。そこには再び重そうな扉。ライナスさんが片手でそれを押し開けると、その向こうには青空があった。暗がりに慣れた目を刺す陽光、一気に吹き込んでくる新鮮な風とそして新緑の色。

ここはまるで空中だ、生命の大樹の幹の真横か。足元に広がるのはくすんだ茶色の下草、芝生に似ているがしおれて枯れかかっているようにも見える。

「すごい場所ですね……！」

「昔はもっと綺麗《きれい》な景色だったんだぜ？　この草、本当はもうちょい背丈があって綺麗な青緑色の葉で、一株から青と白の二種類の花を咲かせるんだ。庭を埋め尽くすその二色が混ざって風になびく光景がまるで波打ち際みたいに見えるもんだから、『波際の庭』と呼ばれてたっつうわけだ。今では見る影もないがな」

「そうだったんですか……ここが枯れてしまったのも大樹の元気がなくなったからなのでしょうか？」

「そうなんだろうな。エドガーのお袋さんが熱心に手入れしてくれてた頃は本当に絶景だったんだが。俺とエドガーと俺らの親と。昔はよくここで過ごしたもんだ」

「思い出の場所なのですね。それで僕にも見せてくださったんですか」

「まあそうだな。今はリンデンと何人かの樹人の仲間が手入れしてくれてるんだが上手《うま》くいかないみたいでこの状態だ。さて、本題に入りますか」

そう言ってライナスさんは寂しいセピア色の庭を進む。本当なら足元はまるで海辺を思わせる花畑、四方の景色は天空の青と大樹の緑で、おとぎ話に出てくる妖精《ようせい》の住み処《か》のような綺麗な場所だったのだろう。

思い出の場所が色あせてしまった悲しさが、ライナスさんの少し真面目《まじめ》な表情から伝わってくる。

そして行き着いた先、庭の奥には透明なガラスで出来た大きな鳥かごのような形の建物があった。あれは温室だろうか。温室はまるで大きな人の手がそっと包み込んで守っているかのように大樹の幹と枝に囲まれている。

「あれは」

「寝室……いや、棺《ひつぎ》みたいなもんだな。エドガーの腹違いの弟のバイスのだ」

「え、今も眠っていらっしゃると聞いたのですが、あの場所に⁉」

ああ、とライナスさんは頷《うなず》く。もっと病院のような場所にいるのだろうと思っていたので、まさかこんな場所にと驚いた。そういえば大樹の力と樹人の秘術で命を繋《つな》いでいると言っていた。そうか、大樹そのもののすぐ傍《そば》で眠っていたのか。

「会ってくれるか？　あいつの家族なんだ」

「いいのですか？　僕なんかが勝手に近づいて」

「大丈夫だ、エドガーに話は通ってる」

実際に近づくと透明な温室の中には寝台のような物がある。ライナスさんが扉をそっと押し開けて中に入るのに続いて僕も入ると、外より少し暖かい空気が頬《ほお》を撫《な》でた。

覗《のぞ》きこんだ寝台の上には狼の獣耳を持つ少年が横たわっていた。エドガー様の毛並みと同じ白銀の髪と耳、閉ざされた瞳《ひとみ》。獣人としてはほっそりとした白い首筋。白いローブのような服を着せられているこの子はまだ少年から青年へと移り変わる年齢だろうか。

本来であればエドガー様よりいくつか下という実年齢よりもずっと若い状態のまま、まるで人形のようにずっとここで時を止めて眠っているのだ。

久しぶりだなとライナスさんがバイス君に声をかけるが当然反応はない。

「僕も挨拶《あいさつ》をしてもいいでしょうか」

「ああ、そうしてやってくれ」

ライナスさんは穏やかな声色を返しながら頷く。

「あの、初めまして、森村《もりむら》コウキです。……豊穣の御子としてバルデュロイに住まわせてもらっている者です。お兄さんのエドガー様にはお世話になっています。どうぞよろしくお願いします」

ぺこりと頭を下げる。するとその頭を後ろからわしゃわしゃと撫でられた。

「ありがとな、コウキ。一度顔を合わせておいて欲しかったんだ。今となっちゃあ、こいつがエドガーの唯一の家族だからな」

枯れた庭に眠るその白い面立ちを眺めていると胸がざわついた。締めつけられるような痛みさえ感じた。こんなあどけない寝顔をした少年が王位を巡って兄と対立させられ、一族や家臣を二つに割っての争いと両親の死を見せられ、それらを全て自分のせいだと背負い込んだのだ。

この小さな体と心をへし折る重さで何もかもが伸《の》しかかった。その果てにこの子はもう命でしか償えないと決心してしまった。

なんて、なんてひどい話だろうか……。気づけば僕は彼の指先に自分の手を重ねていた。低い体温がまた悲しかった。ろくに血も通ってなさそうな指先も顔と同じように陶器のように白い。そこに絡む己の手の健康的な色。その落差が切ない。

…………血が通って……血が。そうか、そういうことか。己の中のざわめきを感じた。体の奥底に何かが芽生えて無数の葉が開いてゆくようなざわざわとした音が頭の中から聞こえる。何かに呼ばれたかのように天を見上げた。ガラス越しの大樹が打ち震えるように枝葉を揺らしている。


お前にはそれが出来ると僕に訴えるように。


「あの、ライナスさん」

「どうした」

「僕、出来るかもしれません」

「……コウキ」

「剣か何か貸していただけませんか、刃物なら何でもいいです」

無防備な王弟の目の前で刃物を取り出して貸せなど、とんでもないことを頼んでいる自覚はあった。だがライナスさんは分かってくれるとその確信もあった。そして彼は険しい顔で懐から短剣を抜いて僕に差し出してくる。

「……すまん、正直お前にそれをさせようという下心がなかったわけじゃない」

「いえ。僕が今、自分で決めたことです」

「絶対に無理はするなよ」

はいと力強く返事をしながら短剣を受け取り鞘《さや》から抜く。見た目より重たい白刃に自分の顔が反射して映っている。怖くないと言えば嘘《うそ》になる。だけど僕のこの力は今このためにあったのではないかというほどに己の中から何かが満ちてみなぎっていた。

寝台の横に腰かけ、刃《やいば》を自らの手首に押し当てるとライナスさんが僕の手を握って制する。

「お願いです。止めないでください」

「いや、俺がやる。深くやりすぎるとまずい、素人にゃ加減が分からんだろ」

「……そうですね。すみません、お手数をおかけします」

短剣を受け取ったライナスさんが、行くぞと耳元で低く囁《ささや》く。音もなく引かれる短剣。赤い筋が一本手首に走ったかと思うと、そこから血の雫《しずく》がぷくりと浮いて垂れた。

緊張で痛いのかどうかもよく分からないが熱いような気がした。僕はその手をそっと目の前で眠り続ける王弟の口元に寄せ、唇の間に垂らして口に含ませてゆく。眠り続ける人間に飲ませるのだ、慎重に慎重に……。

僕に本当に力があるなら。あの国で求められたように、僕の体液に癒《い》やしの力があるなら、どうかこの子の心をここへと呼び戻してくれと胸の中で叫ぶ。目の前では僕の手首からぽたぽたと血が落ち続ける。

やがてこぼれた血で白い少年の口元も喉《のど》も胸元も真っ赤に染まり始めた。

だけど、反応はない。彼はじっと眠り続けたまま。どうしてだ……。駄目なのか、あれほど欲深き者たちに渇望された僕の血はこの程度のものだったのか……。焦りと動揺で心臓が大きく跳ね続ける。気がつけばひどく手が震えていた。

そして、背後のライナスさんが「もういい」と苦しげに呟《つぶや》く。

「よくないですっ！　もう少しやってみます、きっと、きっと目を覚まして……！」

「駄目だ、もうやめろ！　これ以上は駄目だ！」

「大丈夫です、まだ全然余裕ですっ！　もしかしたらもう少しで！」

ライナスさんは僕の手首を摑《つか》んで引き戻そうとしたが、僕はその隙《すき》にとっさに置かれていた短剣を摑み取り、傷口の上に再び刃を押し当てる。

こんな滴る程度じゃ駄目なのだ、降り注ぐほどにあれば、きっと……っ!!

やめろ、とライナスさんが耳元で叫んだ声と、何をしている、と遠くから誰かが鋭く叫ぶ声が重なる。

とっさに振り向くとセピア色の景色の先には白銀の毛並みをたなびかせるエドガー様がいた。僕らがここに通じる扉を通ったのを聞きつけ、追ってきたのか。その横には驚愕《きょうがく》の表情を浮かべたリンデンさんも。

エドガー様とリンデンさんの姿に驚いたのはライナスさんも同じだった。その一瞬の隙に僕はそのまま短剣を振りぬき、その瞬間、温室内に赤い雨がほとばしる。

僕の名を呼ぶ、吠《ほ》えたける鳴き声にも似た雄叫《おたけ》びが聞こえた。

温室に飛び込んできたエドガー様が僕を押さえ込むように抱きしめ、とっさに上着を脱いで僕の傷口にぎちりと巻き付けるとそのまま強く圧迫してきた。

どういうつもりだ、なぜこんな馬鹿《ばか》なことをと喰《く》らい付くような怒声がエドガー様の牙《きば》の合間から放たれる。それは僕に向けたものだったのか、ライナスさんに向けたものだったのか。治療の手配を、早く運びなさいとリンデンさんの叫ぶ声がどこか遠く聞こえる。

だがその騒ぎをかき消すようにざわりと重たく大樹が鳴動する。

そして時が動き出す。枯れ果てたセピア色の景色を底から食い破るように青緑の若葉が芽吹く。そのみずみずしい色は一斉にうねりをあげて広がり、庭の隅々までをも一瞬で埋め尽くしていった。そして全ての茎が頭を持ち上げてふわりと開かれた先には青と白、二色の花。

まるで一気に景色が波に呑《の》まれたように青く染まる。それはたなびく、波際のごとく。

その光景を前にエドガー様とライナスさんは言葉を失い、ただ強く僕を抱きしめる。

周囲の木々も新緑の枝葉をぐんと伸ばしてそよぎ、小さな空中庭園はまばゆい色彩を取り戻した。そして横たわる少年のまつ毛がぴくりとかすかに動き、その花畑と同じ青い瞳がゆっくりと見開かれるのが見えたような気がしたが、僕の意識はそこで途切れた。

意識を失う寸前、コウキ、コウキと僕を必死で呼ぶあの人の声がして、その腕の中ではなぜか痛みも恐怖も全部消えてしまった。


ぱちりと目を開いた。そこはいつもの私室。僕は寝間着姿でいつものベッドに寝ていた。一瞬、何もかも夢だったのかと疑ったが、手には白い包帯が巻かれていて、その奥にはズキンと身を刺す痛みがあった。

いきなりドアが開いた。廊下に見えたのはメイド服姿。いつもは数回のノックをかかさないリコリスさんが険しい表情でドアを勢いよく開け放ったのだった。

「御子様……御子様っ!!　お目覚めになったのですね!!」

僕が意識を取り戻したという一報はあっという間に城中を駆け巡り、エドガー様とリンデンさん、リアンさんが慌てた様子で部屋へとやってきた。ちらりと部屋の外を覗けば、そこにはシモンさんやいつもお世話になっている侍従さんに騎士さんも、見知った皆さんが一斉に押し寄せていた。

皆は口々に良かったとかもう駄目だと思ったとか言いながら僕のベッドを囲むが、僕を真横から覗きこむリアンさんと真っ直ぐに視線が合った。瞳は不安げに揺れる。どんな状況でも己を失わない精神の強さをもったこの人が、まるで心折れてしまいそうな顔をしていた。

「コウキ様……ああ、……良かった」

「……心配をかけてしまいましたね」

リアンさんは目を閉じて小さく首を振る。

「このまま目を開けてくださらなかったら、どうしようと……」

震える声の切なさに申し訳なくなった。こんなにも僕を大切に思ってくれる友人を悲しませたくはない。リアンさんを少しでも元気づけようと僕は小さく笑ってみせる。

すると、はいはい全員どいてください診察の邪魔です、とやってきた医師《せんせい》が皆を部屋から追い出したのだが、エドガー様だけはさっきからずっと無言で僕をじっと見つめたまま枕元《まくらもと》から動かなかった。

傷口は縫われていた。消毒と傷の状態確認を終えて包帯を巻き直す医師《せんせい》に叱《しか》られた。あと一歩で手が駄目になるところだったよと。一日二回見に来るから、化膿《かのう》止めの飲み薬はリコリス君に預けたからねと言って医師《せんせい》が去っていくと、今度はエドガー様に睨《にら》まれた。怒りをにじませる狼の顔、だが不思議と怖くはなかった。

そして声を荒らげることはなく、ただ一言懇願するように言われた。

「……お前の望みを叶《かな》えたいと思っている……だがこれは‼」

どう答えていいのか、分からなかった。

「あの……駄目でしたか？」

「駄目に決まっている。こんなことを……」

「いえ、そういう意味ではなくて、弟さんを目覚めさせてあげられなかったのかと……」

僕がそう問うと、エドガー様は今にも泣き出しそうに狼の顔をくしゃりと崩して首を左右に振った。

「……あ、じゃあ！」

「ああ、お前のおかげだ」

「目覚めてくださったんですね⁉」

「ああ、だが二度とやらないでくれ。絶対にだ。お前が死んでしまうかと思った、我はあれほど恐ろしい思いをしたのは初めてだ」

「良かった……！」

「良くない！」

エドガー様は僕の頬にその顔を擦《こす》り付《つ》け、ぎゅっと強く抱きしめてきた。生きていることを確認するかのように。そうしてしばらく互いの心音を混ぜ合うように黙って抱きしめ合い、最後にエドガー様はありがとうと小さく呟いた。

目を覚ました弟さんも現在僕と同じように治療中であるらしい。お互い動けるようになったら会ってくれと言われ、僕は満面の笑みで頷く。

「しかしお前はどうして……。下手をしたら失血で死んでいたのだぞ、なぜそこまでして、お前にとって他人でしかないこの世界の者を助けようとしたのだ」

「……そうしたかったから、としか言えませんね。それに他人じゃないですよ、エドガー様の弟さんじゃないですか」

そうか、そうだなとエドガー様はどこか神妙に呟いた。

そういえばさっきリアンさんはいたのにライナスさんがいなかったことにふと気づく。僕がライナスさんはどうしたのかと尋ねると、エドガー様は表情を一瞬で変え、冷徹な目で言い放つ。懲罰房に放り込んだと。

「えっ、それ牢屋《ろうや》ってことですか⁉　なんでそんなことに！」

「お前をそそのかしたのも、短剣を与えたのも、あまつさえお前の体を実際に切り裂いたのもライナスなのだろう！　当然の処罰だ！」

「違いますよ！　ご家族に会わせてくださっただけです、治癒が出来ないかと思いついたのは僕で、剣を貸してと頼んだのも僕です！　最初に少し傷を付けたのは確かにライナスさんですけれど、それは剣なんて扱ったことのない僕が深く切りすぎないように気遣って代わってくださっただけなんです！　すぐに牢屋から出してあげてください！」

ぷいとエドガー様は横を向く。

「お願いです、ライナスさんは何も悪くないんですよ！」

必死に頼むが、聞き入れる気はないとエドガー様は僕を無視する。このままでは僕のせいでライナスさんが本当に失脚してしまうと焦り、思わずとんでもないことを口にしてしまった。

「なんで分かってくれないんですか！　エドガー様の馬鹿！」

恐らく人生初の馬鹿呼ばわりだったのだろう、エドガー様がぴしりと固まった。

「……分かりました。それなら僕もライナスさんと同じところに入れてください。ライナスさんが何か罪を犯したというのであればそれは僕も同じですから」

「何を馬鹿なことを」

「だから、馬鹿はエドガー様の方じゃないですか！　早く僕を牢屋に入れてください」

「ま、ま、待て、待てコウキ、落ち着け。分かった、分かったから」

落ち着いていないのはエドガー様の方だった。そして焦った様子で足早に部屋を出てゆく。それから数分ほどした後にひょっこりとライナスさんがやってきた。

いやー、コウキのおかげで助かったわーとのん気に笑いながら。その後ろにはリアンさんの姿があった。廊下に立つリコリスさんがちっと舌打ちしたような気がしたが、あんな美麗で品性のあるメイドさんがそんなことをするわけがないので、たぶん僕の空耳だろう。

ライナスさんは僕の手首の包帯をしばし眺め、それから悪かったと頭を深く下げ、謝ってきた。僕はそれに首を振る。

「何についての謝罪でしょう。心当たりがありません。温室での一件はライナスさんの画策ではなく、僕が自分で血の癒やしの力が使えないかと考えただけですし」

「本当にそういうことにしておいてくれるのか、ありがとな」

いいえと僕が少し笑いながら答える。ライナスさんが今度はリアンさんに向き直り、半ば強引にその腰を抱いて引き寄せ、にししと笑いながら頭を撫でた。

「リアンもありがとなっ！　嬉《うれ》しかったぜ」

「やっ、やめてください。私は何も……！」

ライナスさん曰《いわ》く、リアンさんはライナスさんが放り込まれた牢屋の前でずっと切羽詰まった顔で右往左往していたらしい。待っていてください必ずなんとかします、私が王を説得してきますから、と声をかけ続けながら。そして本気でエドガー様のもとへ行こうとしたところで、僕が目覚めたという一報を聞きつけたのだという。

リアンさんとライナスさんの間にそこまで強い信頼が生まれ始めていることに少し驚いてしまう。良かった。と思うものの、もしかして信頼だけじゃないのかもとふと考えた。

ライナスさん自身が言っていたことだ。獣人は男女関係なく気に入ったものと結ばれると。

そしてリアンさんは、僕が癒やしの力のために血を流したことについて、あなたはもうそんなことをしなくていいのにと深く嘆いた。かつて僕が神聖王国で受けた仕打ちを思い出したのだろう。けれども今回の件は僕の意思だと理解してくれているのだろう、それ以上何も言わずに包帯の上をそっと撫でながら悲痛な表情を見せる。

その目尻《めじり》には涙がかすかに浮かぶ。

僕はその体を抱きしめる。

「心配をかけてごめんなさい。ですが、ありがとうございます」

胸にわく温かさを言葉に乗せてリアンさんに届けた。

九章

『波際の庭』の出来事から数日経《た》ち、手首の傷もそれなりにふさがってきたある日。僕の朝の着替えの用意をしてくれるリコリスさんの口から、今日の午後、バイス様とお会いになっていただきたいのですがと告げられる。その言葉に僕は目を輝かせた。目を覚まして以来、最初は本人も混乱があったようだが経過は悪くなく、精神的にも体調も落ち着きつつあるということは聞いていたが、人に会えるまでに回復したという知らせはやはり嬉《うれ》しかった。

会えるのが待ち遠しいなと思いながら午前中に予定していた勉強を終え、もうじき会えるのだなと少しそわそわしていると、部屋がノックされる。リコリスさんだと思ってどうぞと返事をすると、扉を開けたのは意外な人物だった。

ドアノブを握る手は白銀の毛並みに白い爪《つめ》、のそりと現れる大柄なシルエット。エドガー様だった。そしてエドガー様に片腕で腰を支えられて立っているのは白銀の髪の青年——バイス様だった。その体重はほとんどエドガー様が支えているように見えるが、両手で杖《つえ》を握ってなんとか自力で立つその姿に驚き、僕は慌てて声を上げる。

「バイス様！　大丈夫なのですか⁉」

彼は顔を上げると、青い眼で僕を真《ま》っ直《す》ぐに見て頷《うなず》く。

「自分の足で、あなたに会いに来たかったのです。御子《みこ》様、ご挨拶《あいさつ》が遅くなり申し訳ございません。バイス・フォン・バルデュロイと申します」

十数年も昏睡《こんすい》し続けた人とは思えぬそのしっかりとした声と振る舞いに僕は言葉を失った。随分と使っていなかった喉《のど》で声を出すのはかなり無理をしているのだろう、衰え痩《や》せてしまった足で立つ辛《つら》さは僕も知っている。それでも己の力でこうして僕に会いに来た。恩義に報いるように。これが王族としての振る舞いなのだと見せつけられ、思わずこちらも背筋が伸びた。

エドガー様に導かれて僕の部屋の椅子《いす》に腰かけたバイス様の額には薄く汗が浮かんでいた。やはり必死でここまで歩いてきたのだ。よかったら使ってくださいと僕がベッドを指すと、バイス様は少し戸惑ったようだったが、エドガー様がその体をひょいと抱き上げてベッドまで運んで優しく寝かせた。

「すまないコウキ、助かった。バイスがどうしても自分で訪問すると言うのでな。まだ安静にしていろと医者にも言われているのに」

「すみません、本当のところはまだけっこう動くのもきつくて。お心配り感謝いたします。……無作法な恰好《かっこう》のままですがご容赦ください。御子様、御身《おんみ》を顧みず私を救ってくださったと聞きました。本当にありがとうございます、このご恩はいつか必ずお返しいたします」

「いえいいんです、そのことは。僕が勝手にやってしまっただけなので本当に気にしないでください。……バイス様とこうしてお話が出来てよかったです。それにエドガー様とバイス様が共にいらっしゃる姿を見られただけでも」

僕が笑いかけると、バイス様も緊張が解けたように表情を緩ませた。眠っている時はあどけない少年の顔をしていたが、目を覚ましてみれば凛々《りり》しい王家の青年であり、そして素直で優しそうな男の子だった。

神狼《しんろう》と普通の狼《おおかみ》獣人。外見は似ていない兄弟だったがその本質はどこか似ている気がした。

「兄様が随分とお世話になっていると」

「逆です、僕がお世話になってるんです。エドガー様にも、お城の方々にも」

「ご謙遜《けんそん》を。『豊穣《ほうじょう》の御子』様……『神狼』が存在しているのだから、きっと世界のどこかにいらっしゃるのだろうとは思ったことがありましたが、今目の前に実在しているというのがなんだか不思議です。……お怪我《けが》はまだ痛みますか」

「もうほとんど治りましたよ。大丈夫です。バイス様はまだ療養中ですよね、どうかゆっくりと体を休めてください。あまり焦らずに」

「はい……一度自ら捨てた命ですが、リンデンや樹人の皆さんが必死に繋《つな》いでくださった。兄様たちが私をずっと心配してくれていた。そして御子様が私を呼び覚ましてくださった。もう二度と軽率に捨てたりせず、命ある限り王族として国と民に尽くすと誓います」

「あの、そんな重たく受け取らなくていいと思います。バイス様は、部外者の僕には分からないたくさんの悲しみや辛さを背負ってきたのでしょう。これから先、楽しいことや嬉しいことをたくさん見つけながら生きていって欲しいです。王族っていうのは難しいものだと思うのですが……」

「たのしいこと……」

「ええ、元気になったら一緒にお出かけしたり、勉強したりしましょう。楽しいですよ」

「……はい！　ありがとうございます、御子様。あ、お名前はコウキ様とおっしゃるのですよね、コウキ様、と呼ばせていただいてもよろしいですか？」

もちろんですと僕は頷く。

「でも、様と付けられるのも実は緊張するんです。特にバイス様のように僕より見た目がお若い方だと。差し支えなければもう少し気軽に……」

「コウキ、さん？」

「あ、それがいいです」

「では私のこともバイスと気楽に呼んでいただけると嬉しいです」

「さすがに呼び捨ては……じゃあバイス君で」

　バイス君はそう呼ばれるのが気に入ったのかにこりと笑った。だが背後でエドガー様が神妙な顔をしながらかすかに唸《うな》る。

「どうかいたしましたか？」

「いや…………我がその名を呼ぶのに随分とかかったというのに、バイスは出会ってすぐに……しかも共に出かける約束まで……ぐぬぅ、人付き合いが下手なのは自覚していたが……」

「あの、エドガー様？」

「何でもない……」

　どことなくしょんぼりと下がるエドガー様の尻尾《しっぽ》。僕とバイス君は二人で顔を見合わせ、少し笑ってしまった。

「兄様、バイスは兄様ともお出かけしたいです」

「僕もです。公務でお忙しいとは思いますが、エドガー様もお時間があればご一緒してくださると嬉しいです」

　エドガー様は恥ずかしそうに視線をそらしつつも、深く頷いてくれた。

そうして僕がこの国に来た経緯や最近の生活について話していると、リコリスさんが全員分のお茶とお菓子を運んできてくれる。カラカラと静かな音を立てて運び込まれる銀の装飾のサービスワゴン、テーブルに並んでゆくおやつセット。

僕とエドガー様には焼き菓子だったが、バイス君用には白湯《さゆ》とゼリーのようなものが用意された。まだ胃や腸も本調子ではないのだろう、医師《せんせい》の指示に沿ったメニューを用意してくれたのだ。さすがリコリスさん、気遣いが細やかだと感心したのだが、当のバイス君は初対面であろうリコリスさんを眺めて茫然《ぼうぜん》と頬《ほお》を桃色に染めていた。

純朴な青年は美貌《びぼう》のメイドさんに一目でノックアウトされたらしい。分かりますよその気持ち、と僕は頷く。

失礼いたしますとリコリスさんが退出した後、バイス君はエドガー様にさっそくリコリスさんのことを訪ねる。

「あの、兄様、さきほどの美しい方は」

「この城の侍従だ、今はコウキの付き人を任せている。リンデンの従兄弟《いとこ》で……お前が子供だった頃に蔵書室の司書をやっていた樹人のウィロウという男を覚えているか？」

「はい、よく絵本を読んでいただきました」

「あやつの長男だ」

「そうだったのですか、……え、ちょ、ちょう、なん？」

ちょうなん？　と僕が呟《つぶや》く声とバイス君が戸惑う声が重なる。長男だ、とエドガー様が呆《あき》れたようにもう一度言った。そうか……以前ライナスさんがリコリスさんのことを男だと言ったような気がしていたが、あれは幻聴ではなかったのか……。深紅の花のメイドさん、豊穣の御子の僕よりよっぽど不思議な存在なのではなかろうか。

手首の包帯が取れたその日の夜、少し久しぶりにエドガー様に寝室に招かれた。傷が治るまで我慢していてくれたのだろう。それは優しく甘いものだったが、いつもより長く明け方近くまで抱かれ、僕は欠けていたものがたっぷりと満たされた思いで胸をいっぱいにしながら乱れたベッドシーツに沈む。

その後もエドガー様は僕を抱きしめ、手首の傷痕《きずあと》を労《いたわ》るように舐《な》めていた。それから胸に残る爪痕《つめあと》を見たが、苦しげに表情を歪《ゆが》めてそちらには触れてこなかった。

やがてカーテンの端からかすかな朝焼けの色がこぼれる頃、何かを思い出したかのように低く掠《かす》れた声で囁《ささや》きを漏らす。どうしたのかと尋ねると、贈りたいものがあったのだがお前に夢中になって忘れていたと素直に答えてくれた。

次の夜でもいいかと聞かれ、僕は頷く。

翌日の夜は寝室ではなく城のもっと上まで案内された。

エドガー様の寝室からさらに上へと抱っこされて階段を上る。一度城の上のバルコニーのような場所に出て、ひんやりと冴《さ》えた夜風を浴びながらそこにある立派な塔のような場所へと向かう。

重たい扉、その中は大聖堂や礼拝堂のように見える広いホールだった。白い石を積み重ねた壁、緑色の濃淡だけで神話の神狼と御子らしき姿が描かれた天窓のステンドグラス。真正面は映画の銀幕のような大きな大きなガラス窓、闇空《やみぞら》が一望できるその中央には窓の面積をほとんど占めるほどの巨大な白い月があった。

僕はその絶景に息を呑《の》む。この世界の月が僕の知るそれよりもずっと大きく見えることは知っていたが、ここまで大きく見える日があり、それを真正面で観測できるこんな部屋があるのは初めて知った。手を伸ばせば月の表面を撫《な》でられるのではとさえ思う。

ここは何か神聖な儀式を行う部屋なのか。それとも敬虔《けいけん》な祈りを捧《ささ》げるための場所なのか。かつては僕も聖女と呼ばれ祈れと言われたものだが、とてもそんな気にはなれなかったし何をどう祈ればいいのか一切分からなかったが、この静謐《せいひつ》かつ荘厳な光景を前にしてしまうと思わず祈りたくなってしまう。

ホールの中央には何か大きな物が置かれているが濃紺の布が掛かっていて中は分からない。その目の前には布張りの立派な椅子。エドガー様は僕をそこに座らせると、掛け布をゆっくりと取り去った。滑り落ちる夜の色、その下から現れたのは月明かりよりもなお白い、新雪で出来たようなグランドピアノだった。

「エドガー様！　これは……‼」

「昔、城にあったと思い出してな。修理と、あと調律という作業が必要だとリンデンが言っていたので職人を呼んだのだが、どうだろうか。直っているのかそれすらも我には分からない。一度見てくれるか、コウキ」

扱い方が分からないのだろう、エドガー様は壊してはいけないと妙に慎重に屋根を押し上げて突き上げ棒で固定する。僕が知るグランドピアノとは細部の形状が違い、黒鍵《こっけん》と白《はっ》鍵《けん》どころか内部まで全《すべ》てが真っ白な素材で出来ていたが、それ以外の箇所は見慣れた姿をしていた。

触ってもいいのだろうかとエドガー様を見上げると、彼は頷いて目を細める。そっと鍵《けん》盤《ばん》に触れればぽおんと響く澄んだ音、指に返る感触。ああ、と懐かしさに嗚咽《おえつ》が漏れる。

「孤児院で似たようなものを弾いていたと聞いた」

「はい、これによく似た楽器を弾く仕事をしていたんです。みんなに聴いてもらったり、子供たちに教えてあげたり……」

自分でそう語るうちに胸の内に郷愁が押し寄せる。苦しいほどに。

「不思議な縁だな。この楽器はかつて遥《はる》か昔、このバルデュロイにいた豊穣の御子のために用意されたそうだ。それ以来、長年誰にも演奏されることのなかったものだが、お前に贈りたいと思って修繕したのだ。受け取ってくれるか」

僕を見る獣の双眸《そうぼう》はどこまでも静かだった。底まで覗《のぞ》ける湖のような、深く透明な紺《こん》碧《ぺき》。そこに月明かりに照らされる僕の姿が鮮明に映っている。僕の黒い瞳にもきっとエドガー様が映っているのだろう。まるで合わせ鏡のように。

嬉しかった。心のこもった贈り物だった。そこにはこの『神狼』の僕への切なる思いが籠《こ》もっていた。僕のことを考えて僕のために選んで、手間をかけて用意してくれた美しいピアノだった。

けれども僕の心臓は痛むほどに縮こまり、頭の奥が急に冷えて、喉からは勝手な言葉がこぼれ落ちる。

「エドガー様、あなたはひどい人です……」

「……コウキ……？」

「どうして、なんで。よりによってどうしてこれなんですか。僕は、諦《あきら》めようとしたのに。もう思い出さないようにしようとしていたのに。帰れない世界、もう見ることすら出来ない生まれた場所を、そこで生きた日々も、得たものも、失ったものも、思い出も全部！　全部忘れようと努力していたのに。どうして思い出させるんですか……!?」

水面で喘《あえ》ぐ酸欠の魚のように。息が切れて、眩暈《めまい》がする。

「僕はこの世界で御子として世界を愛さねばならないのでしょう？　そのために過去は捨

てようと思っていたんですよ？　そうしなきゃいけないと自分に言い聞かせていた！　だって、そうじゃないと愛せない!!　あの日に帰りたいと、こんな世界より元の世界の方が良いと思ってしまう!!」

衝動のままに僕はエドガー様に摑《つか》みかかる。前のめりに倒れかけた僕をとっさに支える頑健な腕が、かすかに震えていた。

「僕がこの世界をただ愛せると、心から大切に思えると、そう思いますか!?　僕はそんなに善良な人間じゃない!!　本当はずっと憎んでいた!!　聖女!?　なんですかそれ、誰か一人が犠牲になって献身的に祈っていれば救われるんですか、この世界は!?　御子、神狼、そんな一個人に世界の行く末と命運を押しつけることが正しいと思いますか!?　僕には思えない！　でもみんなそれでいいと思っているんですよ、この世界の人々は！　自分の未来を他人任《ひとまか》せにしてただ与えられる希望を待つことに疑問すら持っていないんですよ!?」

必死にすがりつく僕を見下ろすエドガー様は悲しげな目をしていた。僕はその奥をさらに真っ直ぐに刺すように見つめる。

「こんな世界、いっそ滅んでしまえ、と今まで何度思ったことか……!!」

「コウキ、……我は……」

「……………あの国に、ロマネーシャにいた頃みたいに、そう思えていればまだ楽だった。なのにバルデュロイの皆さんはもっとひどい。みんな僕に優しくするんですよ。僕を見て、僕を大切にしてくださるんですよ。そして皆が一生懸命生きている。良い国を作ろうと、この世界に明るい未来を築いていこうと頑張っている。ライナスさんもリンデンさんも、リコリスさんやリアンさん、シモンさんにバイス君も、そしてあなたも。みんな一日一日を大切に懸命に歩んでいる。……みんな僕の知る人間と同じでした。この世界も僕の故郷と何ら変わらない。一人一人の意志と想《おも》いで創《つく》られた場所だった……。それを知ってしまえば、もう僕はこの世界を憎めない……」

しがみつく僕の手とエドガー様の腕の両方が固まる。互いに動くことは出来なかった。

「だから、もう過去を捨てて愛そうと決めたのに。自分を捨てて『豊穣の御子』であろうとしたのに。こんな……こんなものを贈られたら、僕は……過去を、捨てられなくなるじゃないですか……」

目の奥が溶けるように熱い。けれども泣けなかった。涙は涸《か》れた。もう一滴も残らず。エドガー様は僕を優しく抱き寄せ、それから奪うように荒々しく獣の口づけを僕に与えてきた。もう何も言わなくていい、とでも言うように。

「コウキ」

耳触りの良い低い声。迷うような危うさで紡がれる優しい声。

「過去は、捨てねばならぬのか」

「……エドガー様」

「故郷を、過去を愛したまま、この世界も愛して欲しいというのは我のわがままだろうか。過去はお前の一部だ、過去があって今のお前がいるのだ。思い出を捨ててしまったらお前は空っぽではないか。それは、それは……寂しいことではないのか。捨てる必要はないだろう。お前の故郷と比べたら、この世界は狂っているのかもしれない。それでも我は願いを持ってしまった。お前を幸せにしたい、お前のために生きていきたい、お前と共に……。その上で、お前がこの世界を少しでも愛せると思えたら、それでいいと思っているのだが……」

「……お言葉は嬉しいです。でも……」

「愛せるかなど分からないということだろう。それでいい。無理だったらそれでいい。その時は共に滅びよう。だが、我は全力でお前を幸せにしてみせる、必ず。我の身はどうなろうと構わんがお前を世界と心中《しんじゅう》させたくはない。生きて欲しい。そのために幸せになって欲しい……過去も何もかもその胸に抱いたまま、本当のお前のまま幸せになって欲しい」

「本当の、僕を……」

「ああ」

「あなたは、愛せますか」

「出来る。王として、本当はこんなことを言ってはいけないのだろうな。そもそも我にこのようなことを願う資格があるのかすら分からぬ。だが正直に言う、たとえお前が世界の破滅を望む人間であっても構わん。我はお前を愛している」

揺るがぬ瞳、あまりに澄んだ青。ああ、溺《おぼ》れてしまってもいいのだろうか。

いや、溺れてしまいたい……。だから、僕は語らなくては……。

「……エドガー様、聞いてくださいますか。……本当の僕は、想う心を故郷に置いてきた人間なのですよ」

僕は初めて全てを語った。この世界に来る前の出来事を。

故郷には大切な人がいた。幼なじみの男で、明るくて潑剌《はつらつ》とした笑顔がまぶしくて、ときどきいたずらをしてきて、ときどき真剣な顔をする人だった。親友としてたくさんの時間を一緒に過ごした。彼といると心が満たされた。そこには揺るぎない友愛があった、もしかしたらその先まで僕の気持ちはあったのかもしれない。だから彼を庇《かば》って片脚の機能をなくしたが、それを悔いたことはない。

けれども彼は大人になって、他の人と結婚して、家庭を持った。僕は彼の唯一にはなれなかった。けれどもそれでいいと思った。彼が幸せならそれでいいと。

そして彼は急死した。僕の心も一緒に天国へ持っていってしまった。

「……さっきおっしゃいましたよね。この世界と故郷を両方愛せないかと」

「ああ、言った」

「同時に愛して良《い》いんですか。過去と、あなたを」

「構わない。それがお前の幸福なら、我は過去を大切にしたままのお前を大切にする」

「…………良いんですか」

「我に二言はない」

「僕、滅茶苦茶《めちゃくちゃ》なことを言っていますよ。とんでもなく失礼なことを」

「滅茶苦茶なのは我も同じだ。お前を傷つけたこの手でお前のことを手放すことなど出来ないと言っているのだからな。選択肢を与えたように思うかもしれぬが、我はもうこの手を離す気はない」

ぽたりと床に雫《しずく》が落ちた。一度落ちて弾《はじ》けたそれは、雨が降り始めたように二粒、三粒と続いて落ちた。僕は、泣いた。青い瞳の中の僕は泣きながら笑っていた。

もう涸れ果てたはずのそれ。この世界で失ってしまった涙が僕の目から溢《あふ》れ続ける。

「……手、離してください」

「聞けない頼みだ」

「離してくれないと、弾けないじゃないですか。あなたからの大切な贈り物を」

「……受け取ってくれるのか」

「だから離してくれないと……いえ、このまま一緒に弾きましょうか」

ピアノへと真っ直ぐに向き直る。重なるエドガー様の大きな手が冷たい鍵盤の上に置かれ、美しい音がピアノから響いた。僕たちは溢れんばかりの月明かりの中で一つの影になりながらたどたどしい曲を奏でる。最初はリズムも何もない単音の連なり。やがてそれはゆっくりと繋がり、絡み合い、静かな旋律が紡がれてゆく。

細く夜空に流れて消える一夜の独奏。

僕たちだけが知っている月に捧げた祈りの曲。

「エドガー様」

音の合間に囁く。

「コウキ」

「初めての恋は故郷に置いてきました」

「ああ、構わん」

「……初めての愛は、今見つけたかもしれません」

「…………!!」

返答の代わりに、再び唇を奪われる。途絶えたメロディの残響よりも、自分の心臓がうるさく鼓動していた。

十章

厚いカーテンの合間から細く陽の光が差し込み、音もなく寝室に朝を告げていた。

僕は広い寝室をぼんやりとしばし眺め、それから僕を抱きしめたまま隣で眠る白銀の毛皮で包まれた狼《おおかみ》の顔を見つめた。その寝顔は起きている時よりも穏やかで不思議と安心感すら覚えるほどに優しい。もう何度共に朝を迎えたか分からないが、いつも彼の方が先に起きているのでこんなにもしっかりと寝顔を眺めたのは初めてだった。

そして感じる体の違和感、全身に心地好《ここちよ》い気怠《けだる》さ、背後に感じる妙な違和感。首元や全身の至るところに体を動かすとわずかに疼《うず》く、獣の歯形。

だけどそれら全《すべ》てを打ち消すほどにエドガー様の毛並みに埋まる全身は溶けるように温かい。僕はそのぬくもりに甘えて再び目を閉じる。漆黒に染まった瞼《まぶた》の裏側で思い出されるのは昨晩の――蜜月《みつげつ》。

互いの想《おも》いを通じ合わせ、贈られた白いピアノを共に奏で、その後はエドガー様のリクエストで僕の得意な曲を何曲か披露した。やがて月光が雲隠れし始め、そろそろ帰らねばとエドガー様に告げ、塔から出ようとしたところでエドガー様に声をかけられる。

「もう遅いから部屋まで送ろう」

エドガー様は僕を抱きかかえて城内へと歩みを進めるが、僕の部屋の近くまで戻ったあたりで突然に謝ってきた。

「すまない。コウキ、このままお前を放したくないと我の中の何かが訴えている……。いや、これは我の本心なのであろうな。コウキ……、良《い》いか？」

僕を映す青い瞳《ひとみ》が炎のように揺らめいていた。

僕がそれに頷《うなず》いて答えると、行き先はエドガー様の寝室に変わった。そして抱きかかえられたまま部屋へと足早に進み、大きな白いベッドに二人して沈み込む。

「コウキ、コウキ」

今までにないほどに僕の名を何度も呼ばれながら唇を重ねる。そこにあるのは情欲に満ちた狼の顔。もうエドガー様を怖いとは思わない。凛々《りり》しく、威厳に満ちた白銀の狼。

だが、人間とはやはり顔の構造が違う。がばりと大きく開くその口とのキス、最初は上手《うま》く出来なかったが、今はお互いに随分と上手くなっていた。何度か角度を変えて触れ合い、やがてエドガー様の舌先がそっと僕の唇の奥へと入ってくる。少し口を開けてそれを受け入れると舌先同士が触れ合い、背中がぞくりと悦びに震えた。

何度もキスを繰り返し、その合間に髪を撫《な》でられ、抱きしめられ。僕も腕を伸ばしてエドガー様を抱きしめようとするが体の大きさが違いすぎて腕が回らない。結果、抱っこをせがんでいるようになってしまって恥ずかしかった。

「エドガー様……」

彼の名前を口にするのをどうして恥ずかしいと思うのだろうか。いや、恥ずかしいだけではない。彼の名を呼ぶたびに彼を愛している自分を自覚しているのだ。それは『神狼《しんろう》』と『豊穣《ほうじょう》の御子《みこ》』というだけではない互いの心の確かな交わり。

やがてエドガー様の腕が僕の衣服をまくり上げて素肌に触れ始めるが、一刻の猶予も惜しいと思われたのかまるで引き裂くかのようにして脱がされてしまった。

王としての風格と余裕を持った普段の姿とは違う、欲に駆られた雄の顔――本当のエドガー様から感じるのは獣としての獣欲と強い情念。僕はその気持ちを嬉《うれ》しいとすら思い、密《ひそ》かな期待を覚える。

夜闇《やあん》の中でも猛々《たけだけ》しく光る獣の双眸《そうぼう》の前で獲物として肌を晒《さら》す。

僕はこの瞬間が、嫌いではない。

「愛している」

ただ真《ま》っ直《す》ぐな一言が胸を突く。爪《つめ》でも牙《きば》でもなく、愛の言葉で僕を仕留めにかかる獣。それを嬉しいと思ってしまうのだから僕も大概だ。押し倒される瞬間は降参して腹を見せるのに似ている。

「僕も愛しています」

伸《の》しかかる大きな影の下で僕もまた同じ言葉を返す。僕の言葉もエドガー様の心臓に触れているのだろうか。

彼は再び唇に触れ。それから鼻先を首筋へと落として喉元《のどもと》を舐《な》め上《あ》げる。そこから鎖骨をなぞるように頰《ほお》ずりし、最後に胸元の傷痕《きずあと》にキスを落とした。もう痛みはないが、彼の爪の鋭さがそのまま刻まれたその箇所を眺める時、エドガー様はいつも懺悔《ざんげ》する者の目になってしまう。

「エドガー様は本当に優しい方ですね。ですが、もう気になさらなくていいんです。これは僕にとって大事な、決して嫌ではない思い出の一つなんですよ」

もうそんな辛《つら》い顔をしないで欲しい。そう伝えたくて僕はエドガー様の両頰に手を添えて自ら顔を寄せ、彼のなだらかな額にキスを贈ればエドガー様の喉が鳴る。

「グルルルッ、お前はそういうところが……。あまり煽《あお》るな、ひどくしたいわけではないのだ」

「体は丈夫ですから、多少なら平気ですよ。煽っているつもりはないんですが、でも『本当』のエドガー様が愛してくださるのならそれも悪くないと思っています」

「だから煽るなと、『本当』の我を知りたいと言ったな。まあ良い、だが後悔するでないぞ」

そこからは一転して激しい愛撫《あいぶ》が始まった。僕の全身は味わわれていない箇所が残っていないのではないかというほどにその手や舌に弄《もてあそ》ばれる。

「あっ、ああ……。エドガー様、少しゆっくり……」

「聞いてやれぬな」

最初は触られてもくすぐったいだけだった胸の先も、今ではすっかり感じ方を覚えさせられてしまっている。薄く色づいたそこを何度も舐め上げられるたびに僕は堪《こら》えきれずに声をこぼして悶《もだ》えてしまうものだから、エドガー様もそれを面白がってか少し獰猛《どうもう》な顔でそこばかり責め続ける。ぴんと立ち上がった先をざらりと舌で撫でられ、優しく転がされ、その熱く濡《ぬ》れた感触が体の芯《しん》まで響く。

「ひあっ、あああっ。気持ち……いいです」

「ならばこちらも共に可愛《かわい》がってやろう」

その言葉と同時に反対側も甘く指先で擦《こす》られ、ぞくんと背筋に張り詰めるような快感が走る。駄目、と制止する声を無視され、きゅうと先端をつまみ上げられて僕は初めてそこだけで達した。

「あっあぁぁっっ！　イッちゃ………」

切なく裏返った声が寝室に響く。背を反らし、片足だけをびくびくと跳ねさせて白濁をこぼす。

仰向けのまま荒れた呼吸を続け、絶頂の余韻に浸る僕をエドガー様がじっと見下ろす。恥ずかしくて身をよじって脚を閉じようとしたが、足首を摑《つか》まれて阻止された。そして彼は僕の下腹部へと鼻先を寄せると、腹の上に散っていた精を舐めとり始める。

「エドガー様⁉　そっそれは！」

さすがに止めた。国王であるあなたにそんな真似《まね》はさせられない、と必死に言葉で制しながら逃げようとしたのだが、足首を解放される代わりに腰を摑まれ完全に動きを制される。言葉はなかったがそれはエドガー様からの拒否の意思表示だった。

生温かい舌がへその周りをなぞってゆく。その刺激に再び身もだえ、そして最後にはわずかに力の抜けた性器まで舐められた。

「ひっ！　エドガー様、そこは……そこはまだ……」

達したばかりで敏感になっている先端を舌で擦られた瞬間、僕は再び嬌声《きょうせい》を上げて嫌だと首を振った。けれど離してはもらえず、わずかな白濁を噴き出しながら二度目の絶頂を迎えた。

「だから煽るなと言った。だがお前は『本当』の我が見たいのだろう？　本当の我はお前を前にしたらただの一人の男であり獣。ここから先、我はただお前を貪《むさぼ》るのみよ」

エドガー様は僕を眺めながらどこか満足げにしていたが、僕は熱に浮かされた頭でぼんやりと考える。いつも自分ばかりしてもらっている。奉仕してばかりの彼は本当に満足しているのだろうか。僕もエドガー様を気持ちよくさせてあげたい。

抱き合いながら、彼の下肢へとそっと手を伸ばす。そこにはすでに硬く張り詰めて反り返るモノがある。自分の物とは形も大きさもまるで違う。未《いま》だに直視するのは少し怖いが、お腹《なか》の毛並みを掻《か》き分《わ》けた先にたどり着いたその根元をそっと撫でる。

「コウキ、そこは……」

「触っても構いませんか？」

「お前がそう望んでくれるのであれば」

優しく握り締めると掌《てのひら》に感じるのはずっしりとした質量。そして脈動する熱。根元から先端までそっと摺《す》り上げるのを繰り返す。こんなやり方ではきっと刺激が甘すぎて彼ももどかしいだけだろう、しっかりと握ってしごいてあげないと、と頭では思うのだが加減がよく分からない。ならばこの方がいいかと僕は彼の前にひざまずくように頭を下げる。

さっきしてもらった、そのお返しをしてあげたかった。初めて間近で見るエドガー様の雄――その迫力に言葉を失いながら、僕はその先端に唇を押し当ててキスを贈り、それからゆっくりと口を開けて口内へと招き入れた。嫌悪感はまったくわかず、むしろ悦《よろこ》びすら感じたほどだ。粘膜同士が密着する生々しい熱に思考が追いつかなくなる。それはあまりに拙《つたな》い奉仕だっただろうが、自分なりに一生懸命に舌でそれを愛撫し、唾液《だえき》を絡めながら少しでも喉の奥へと導く。大きさゆえに全てをくわえ込むのは無理だったが、手を添えて何度もさすった。

「コウキ、もう良い」

「すみません。下手くそでしたよね」

頭上から掠《かす》れた声が制止してくる。上手に気持ちよくさせてあげられなかったのかと思い、ごめんなさいと謝ったら首を振られた。

「気持ちが良すぎるのだ。それがまずい。このままでは達してしまいそうだ。だが、まずはお前の中でお前と一つになりたい」

腹をさすられる。この中に注ぎたいとはっきりと言葉にされる。その隠しもしない愛欲に、僕は考えるよりも早くこくりと頷いていた。


そこから先はもうよく覚えていない。喰《く》らい付《つ》くような勢いで抱き寄せられ、全身を擦り付けられ、脚を大きく広げられる。後ろを慣らすのもいつもより性急だった。太い無骨な指に侵入されるだけでも圧迫感と快感で息が出来なくなりそうなのに、休む間もなく熱いそれを押し当てられ、深く貫かれた。

「ここがお前の悦《い》いところだな。随分と深いところが好みのようだ」

「あっあああああ!!」

僕の奥底がみっちりと埋まると、中に隠されていた感じる場所がごりごりと抉《えぐ》られ、また快楽の波に溺《おぼ》れた。もう僕はさっきからずっとはしたなく喘《あえ》ぎ続けているが、そこにエドガー様の吐息と低い唸《うな》り声が混じり始める。

一番奥を持ち上げるように突かれる瞬間の圧迫感、引き抜かれる時の切なさ、全てが甘く響いて何度も押し寄せてくる。最初は激しく腰を打ちつけられたが、僕があまりに激しく悶え続けるものだからエドガー様は心配になったのか、汗が浮かぶ僕の額を優しく撫でつつ、抜き挿しをゆっくりとしたペースに変えてくれた。

だがその勢いのないねっとりとした腰使いは中をいやらしく愛撫されているようで、僕はそのじわじわと責め立ててくるような快楽に、さっきまでとはまた違う喜びに腰を揺らして応《こた》える。体が勝手に動く。むしろ抑えたくても抑えられない。これは本能なのだろうか。エドガー様もこんな気持ちで僕を求めてくれていたら、嬉しいのだけれど。

そんな僕の仕草に気がついたエドガー様は興奮にぎらついていた瞳を丸く見開き、まるで感動したような顔をして、腹の奥から唸った。

「お前は……、なんて可愛らしい」

その指摘に急に恥ずかしくなり、言い訳を探す。

「言わないで、だ、だって、気持ち、よくって……っ！」

お互いの間で繋《つな》がった場所がくちゅくちゅと鳴っている。

「ゆっくりされる方が好きか？」

「どっちも、全部っ、全部好きです、エドガー様ぁ！」

もう恥も外聞もなく叫ぶと、彼はそれに応えるように再び一番奥まで入ってきた。同時に首筋に熱い吐息の気配を感じる。硬い牙が触れる感触。噛《か》まれた。決して傷つけはしないように甘く喰らい付かれ、そのかすかな痛みさえ喜びになって全身を痺《しび》れさせる。

その衝撃に僕は再び震えながら達する。同時にエドガー様も僕をいっそう強く抱きしめ、中に注いできた。どくん、どくん、と自分の体の奥底でエドガー様の物が痙攣《けいれん》する感覚、じわりと広がる熱さ。逃がさないと言わんばかりに抱きしめる力のあまり、苦しい。だがその苦しささえ愛《いと》おしい。

一度達しても抜いてはもらえず、エドガー様のそれは硬い感触のまま未だに僕を貫いている。ああ、まずいと思った。まだ終わらないのだ。これ以上されたら本当にどうにかなりそうなのに。もうすでに気持ちよすぎて頭がおかしくなりそうなのに。理性はそう恐怖する。けれど体は貪欲《どんよく》にその先を求めていた。僕の両腕はエドガー様を捕まえるように、その毛皮に必死にしがみついたままだった。

そして深く深く繋がったまま、意識が落ちるまで揺さぶられた。その後も何度も注がれたような気がする。長い長い夜だった。落ちる寸前、もう夜など明けてしまわなければいいと思ったのを覚えている。

ちらりと目を開く。自分の二の腕にかすかに残るエドガー様の甘嚙《あまが》みの痕《あと》。ここだけではないだろう。最初に嚙まれた首筋、それ以外にも体のあちこちに彼が残してくれているる。まるで所有の証《あかし》のように。そのほのかな赤い痕を見つめていたらじわりと涙が浮かんだ。胸にあたたかく満ちた喜びが涙になって溢《あふ》れていた。

十一章

ある日、僕は蔵書室で一冊の本を見つける。それはこの世界ラストゥーザ・ベルの各地の気候の分類とそれに応じた植物相に関する研究資料のようだった。だけど、著者が食いしん坊……いや、食に関する興味が深かったのだろうか、食べられる野草や果実の見分け方や調理法がやたらと何度も取り上げられていた。

その中に見つけた挿絵、それは見覚えのあるお菓子だった。僕がバルデュロイに移送されてきた時に馬車の中でライナスさんに用意してもらった果実と糖蜜《とうみつ》のパイ。確かあの時ライナスさんは言っていた、エドガー様は意外にも甘党でこのパイが子供の頃からの好物だと。

これだと思った。現状の僕は、エドガー様に衣食住全《すべ》てを依存している状態だ。今、机に立てかけてある杖《つえ》もあの純白のピアノも、この平穏な生活も、全てエドガー様から贈られたもの。

何かお返しが出来ないかと常々思っていたのだが、何かを買うとしてもそれはエドガー様のお金を使うことになってしまうわけで……。

だが、好物のお菓子を作って持っていくことは材料費については目を瞑《つぶ》るとして、ともかくあくまで僕の気持ちだということにすれば贈り物として成立するのではないだろうか。料理は元の世界でもやったことがあるのできっとなんとかなる。そう考えながらパイの作り方をメモに書き写し、リコリスさんに事情を説明した。

「それは王もきっとお喜びになります。さっそく材料を買いに行きましょう」

そう言って、外出の許可を取り付けて僕を市場へと連れ出してくれたリコリスさん。市場に着けば、杖をついて片脚をひきずりながら歩く僕と、僕にペースを合わせてゆっくりと歩いてくれる絶世の美女……じゃなくて美男という組み合わせは多少目立つ。

例の変装はしているものの周囲の目は少し気になる、リコリスさんだけではなくやはり僕の持つ髪と眼の色は珍しいのだろう。青果店の店主からの強い視線を感じながらも、そちらからは極力意識をそらして、メモを見ながら果物を選ぶ。

「具材の果物は二種類、よし、大丈夫。隠し味のナッツもこれで合ってる」

「糖蜜は他の調味料と共に城にたくさん買い置きがありますのでそれをお使いください」

「ありがとうございます。あとはパイ生地か……」

「作ることも出来ますが、すぐにお使いになるのであればパン屋で売っています。ご案内いたしますね」

こうして材料も揃《そろ》い、エプロンと厨房《ちゅうぼう》をお借りして調理開始。

そういえばこの城に来てからすぐの頃も僕のためにいろいろな食材や料理を準備してくれたのはここの皆さんだ。敵国の人間だった僕に随分と良くしてくださったことにお礼を言えば、なんのことかと逆に驚かれる始末。どうやら、僕の認識とこの国の人たちの間での『豊穣《ほうじょう》の御子《みこ》』という存在には大きな乖離《かいり》があるのかもしれない。

片脚立ちで調理台にもたれながらの作業になるのでちょっと見苦しいだろうなと思ったのだが、厨房の皆さんはやっぱり優しかった。なるべく僕が動かなくていいように必要なものがあれば何も言わずとも持ってきてくれるし、ナッツをすり潰《つぶ》すような力仕事は手を添えて手伝ってくれた。あくまで僕が作るという前提は崩さない程度の本当にありがたい力添え。

そのおかげで焼くところまで順調にたどり着き、皆さんに改めてお礼を言うと逆にお礼を返された。御子様のおかげで陛下は食事を楽しむ余裕すら出てきていると。以前は出されたものは文句一つ言わず食べ尽くすが好き嫌いすら分からなかった。それも徐々に変わってきていると。我らが王を一人の人間だと思えたのは御子であるあなたが来てからの大きな変化によるのだと。

だから、今日もきっと喜んでいただけるでしょうと。

しばらく待っていると薪《まき》を燃料にした石のオーブンから香ばしくも甘い香りが漂い始め

る。焼き上がったパイは初めて作ったにしてはまあまあの見た目だし、味見をしてみたがちゃんと美味《おい》しい。

これならプレゼントしても大丈夫だろう。お皿に載せて、リコリスさんがいつものサービスワゴンで運んでくれる。

二人でエドガー様の私室へと向かうと、近くにいた文官らしき獣人さんが先ほど会議は終わったのでもうすぐ戻られますと教えてくれた。机の上にお菓子を準備して待っているとすぐにエドガー様が現れ、僕とリコリスさんを見てどうしてここにと不思議そうな顔をした。

エドガー様の無表情なはずの狼《おおかみ》の顔が、近頃は随分と表情豊かになっている気がする。

これは僕だけではなく、ライナスさんやリンデンさんも同じ意見だ。

「エドガー様がお好きだと聞いて、僕が作ってみたんです。良かったら召し上がってください」

そう勧めるとエドガー様はしばし無言でパイを見つめる。

「……コウキがこれを……？」

「はい、といってもリコリスさんや厨房の皆さんに随分と手伝ってもらいましたが」

「そうか。リコリス、この菓子を飾り、保存できる美しき容《い》れ物を作る職人の手配を。国宝を扱うと思ってくれ」

突然のエドガー様の発言内容を脳が上手《うま》いこと処理できず、僕は思ったことをそのまま口にしてしまう。

「え？　いや、その、多分そんなに賞味期限長くないと思うので、今食べてもらえると……」

「食べたらなくなってしまうだろう？」

「ど、どうしたんですか。急に将来の食糧危機に備える気になられたんですか⁉」

なぜか突然おかしくなってしまったエドガー様をどこか冷ややかに見つめるリコリスさんがそっと耳打ちしてくる。

「それを言えばいいんですか……⁉　というか、僕が言うんですか⁉」

「はい、お願いいたします。このままではせっかくの御子様のお心遣いが……」

そう言って悲しげな表情を浮かべるリコリスさんに逆らえる人がいるだろうか……。

「えっと、エドガー様、冷めないうちに食べて欲しいです。お菓子も……その……僕の気持ちも……？」

自分で言っていて意味不明だし恥ずかしいしで多分もう顔は真っ赤だ。一体自分は何をしているんだ？　と混乱しかけたが、エドガー様にはなぜか効果抜群だったらしく、急に席に座ってパイを食べ始めた。

とりあえず食べてもらえてよかった……のだろうか？　美味《うま》いと呟《つぶや》くが視線を合わせて

もらえない。もしかしてエドガー様も照れているのか。白銀の毛並み、向こうだけ表情はともかく顔色が変わらないのはずるい。

三切れ載せておいたパイが最後の一個になった時、ノックの音と共にエドガー様の私室に現れたのはライナスさんだった。

「あれ、コウキにお花畑じゃねえか、珍しいとこにいるな。まあいいや、エドガー。このあいだ言ってた資料が出来たから持ってきたぞ……。ん？　お前またそれ食ってんのか、午前中も食ってたろ」

「!!」

僕とリコリスさんに衝撃が走る。かぶって……いただと、午前のティータイムのおやつと!?　そうか、好物なのだから高い頻度で食べているのは明白、無計画に持ってきたらそこそこの確率でかぶるのも必然。やってしまった。

「す、すみません……さすがに今日はもう食べ飽きていましたよね。だから容れ物を……それなのに押しつけちゃって……」

ここでライナスさんは全てを察したのだろう、「あっ」と小さく声を漏らした。そしてエドガー様はがたんと椅子《いす》を鳴らして立ち上がる。

「コウキ、飽きてなどいない。お前が作ったものは他のどれとも味が違う。今までに食べた全ての菓子とは比べ物にならぬほどに、何と言うか……食べていて、胸がいっぱいに

「……!! そのっ、お前への気持ちでいっぱいだ!!」

力強く宣言されたその一声にライナスさんとリコリスさんは揃って半笑いになった。

僕は恥ずかしくなって両手で顔を覆った。耳まで熱かった。

成功したのか失敗したのかよく分からないお菓子のプレゼントを終え、僕は城の庭に散歩に出る。今度はもうちょっと綿密に計画してから行こうと脳内で反省会をしつつ、小さな森の景色に癒《い》やされていると、下草の上にごろんと寝転がる大きな犬がいた。

あれは城の騎士の犬の獣人さんが姿を変えているのだろう。その横には同じく犬の獣人さん。そちらは人の姿のままで、手に持ったブラシで大きな犬の毛並みを梳《す》いていた。犬の姿の方は気持ちよさそうに目を細め、ご機嫌の様子できゅっと口角を上げている。よほどリラックスしているのか四肢と尻尾《しっぽ》はたらんと力が抜けている。

ここ、一応王宮という場所なのだけど騎士さんたちもフリーダムだなと思いつつ、これだと閃《ひらめ》いた。綿密な計画とはなんだったのだろうか、本日二回目の閃きである。

エドガー様の全身を覆う毛、それは硬いし艶《つや》がない。本来であれば王という立場、侍従さんたちがその身を完璧《かんぺき》に整えるはず。実際に僕はいろいろとお世話になっている。

だけどエドガー様は、リンデンさんとライナスさん以外の者が傍《そば》に近寄ることすら許さなかったと聞いた。王としての職務や責務は完璧にこなすものの、それ以外で人と関《かか》わることは極力避けていたらしい。それは『血染めの狼王』という二つ名、そして『神狼《しんろう》』であるという特殊性が関係しているのだろう。

今はそんなことはないが、これまでは普段から誰も近寄れないほどの殺気をまとっていたそうだし、ブラッシングをしてもらうという習慣は恐らくなかったはずだ。僕がやってあげられたらリラックスしてもらえるかもしれないし、あの白銀の毛皮を自分の手で美しく蘇《よみがえ》らせられるかもと思うと自然と胸が高鳴った。

王として重責を背負いながら、激務の日々を送っているエドガー様。少しでもあの人を休ませてあげられたらいいな、と思いながら蔵書室へ向かう。

まずは勉強。犬や狼系の獣人のブラッシングの仕方について書かれた本を必死に探し……たのだけれど、あまりの本の数を前にギブアップ。早々に諦《あきら》めて素直にリンデンさんを頼った。そういう本はありますかと尋ねると、一緒に蔵書室に戻って一分で見つけてくれた。まさに歩く検索機器である。

そして自室で本とにらめっこをしながら勉強していると「これをお使いください」とリンデンさんが金のリボンがついたブラシと毛皮の艶を蘇らせるという香油が入った小瓶を持ってきてくれた。エドガー様の乳母、ライナスさんのお母様がまだ少年だった『神狼』と、同じく少年だったやんちゃすぎる仔獅子《こじし》のお手入れに使っていたものらしい。

その夜はちょうど寝室に招かれていたので、ブラシと小瓶をしっかりと持っていく。そしてベッドへと導かれながらお願いをしてみた。

もしこれが失礼にあたる行為でなければ今夜は最後にブラッシングをさせて欲しいと。エドガー様はこくこくと頷《うなず》き、楽しみだと小声で言いながら僕を抱き寄せてベッドに押し倒した。

気づいたら朝になっていた。


「あ、あれ……僕……」

「すまぬ、その……今日はお前がいっそう愛《いと》おしくてな。昼の菓子も、ブラッシングを申し出てくれたことも、我をどれほど喜ばせるつもりなのかと思うほどに……。それゆえ、歯止めが利かず……」

申し訳なさそうにうなだれるエドガー様。だんだん思い出してきた。確かに昨夜は何度も深く愛され、いつまでも抱かれ、最終的に僕は意識を手放したのだ。

なんだかピアノを贈られた時もこんな感じだったな、と思い出してくすぐったい気持ちになる。

じゃあまた明日にしましょうと告げると、エドガー様はどことなくお預けされた犬の顔をしながら鼻先を僕の首に擦《こす》り付けた。

＊　＊　＊

翌日のお昼過ぎにエドガー様が自ら僕の部屋を訪ねてくれた。

「昨日の約束だが今からでも構わぬか？」

少し恥ずかしそうに小声で尋ねてくるその姿に僕もまた照れくさい気持ちになりながらも頷く。そしてブラシと小瓶、そして杖を持って出発の用意をすると、僕はその逞《たくま》しい腕に軽々と抱き上げられる。

巨躯《きょく》の狼に抱っこされながら進む廊下、どこへ行くのかと尋ねるとバイス君のところだと言われた。そして、着いた先は病室のような部屋、そこではバイス君が一人でリハビリをしていた。

机に片手をついて立ち上がり、ゆっくりと背筋を伸ばす。そして机から手を離して綺麗《きれい》な姿勢のまま数歩だけ歩くが、すぐに崩れて机に両手をつき、そのままゆっくりと床にへたり込む。

深い呼吸の音が部屋に響く。僕の知識だとリハビリとは専門の医療従事者に付いてもらいながら手すりに掴まったりして行うことだったが、この世界にはそういう医療技術はないのだろうか。自分の部屋の中、自力で体を動かしてゆくものなのか。もしくは誰かにサポートについてもらう今日の分のリハビリは終わったのに、自己判断でこっそりトレーニングを追加しているのだろうか。

床にへたり込んだままのバイス君がこちらに気づき、会釈をする。恥ずかしいところを見られてしまったとばかりに少しはにかむが、決して恥ずかしいことなどないと自然と声に出してしまう。

エドガー様に下ろしてもらいバイス君のところへ歩み寄ると、彼は僕の杖を見て小さく声を上げた。

「あ、お揃いですね」

バイス君のベッドの横には傘立てのようなものが置いてあり、そこに入っていたのは僕のものと長さは違うが同じデザインの杖だった。共に同じ人から贈られたのだと分かり、一緒に笑いをこぼす。

「歩く訓練ですか、大変でしょう。バイス君ほどではないですけど僕も気持ちは分かります。でも無理はしないでくださいね」

「お気遣いありがとうございます、ですが頑張りどころなので。来週の王宮公布の場ではやはり自分で歩いて皆様の前に出たいと思いますゆえ……」

「何か行事か、公務があるのですか？」

「ええ、王宮から国民へと発表する出来事がある時に、城の前にある大広場に民衆を呼び集めて城壁のバルコニーから公布を行います。実は私は見るのも参加するのも初めてなのですけれど……。このたびは私――王弟が目覚めたという話と、神話に語られる『豊穣の御子』がこの地にお見えになったという話を公式発表する予定です。えっと……コウキさんもバルコニーに上がられるんですが、ご存じですよね？」

思い切り首を横に振る。知らない、完全に初耳だ。すると後ろからエドガー様が戸惑うように言う。

「何日も前から教えても緊張させてしまうだけだと思ってな。前日になったら伝えるようにと我が指示をしていたのだが……」

「それ、たくさんの人の前に出るんですよね？　心の準備とかそういうのがありますので、出来れば早めに教えていただきたかったです！　……そうですね、緊張すると言いますか、正直そういう場は苦手で……出ないわけにはいきませんよね？」

「すまない、お前の気持ちを尊重してやりたいのだがこればかりはな」

やはり断るわけにはいかない大事なイベントだったか、と内心肩を落とす。そういえば数日前からリコリスさんとリンデンさんが何か言っていたな、式典用の衣装はこれがいいか、いやこっちがいいか、とかなんとか。あれはエドガー様か誰かの話ではなく僕の話だったのか。不安に揺れる僕の胸の内を見抜いたらしいバイス君が一緒に頑張りましょうと元気づけてくれた。

エドガー様は弟を優しく抱き上げてベッドに腰かけさせながら尋ねる。

「バイス、お前の庭をしばらく借りても構わんか」

「別に私の庭ではありませんよ、いつでも自由にお使いくださいませ」

そうして再び僕はエドガー様に抱っこされて出発。行き先は「波際の庭」だった。あの日以来、波打ち際のような青と白の花畑は美しく咲き誇り、庭はかつてと同じ姿で美しくそよいでいるそうだ。

それは良かったと思いながら天空にある密《ひそ》やかなる庭を訪れると、そこにあった景色は以前に見たセピア色とはまるっきり違っていて思わず息を呑《の》んだ。まるで白黒写真がカラーになったかのようにその光景は彩られ、花畑には小さな蝶《ちょう》もひらひらと舞っている。

「すごい……」

天国が実在するならこんな場所なのではと感嘆する。ゆっくりと地面に下ろされた僕はその花畑の中央から奥へと進み、ガラスの温室へたどり着く。バイス君が眠っていたこの場所は血まみれになったはずだが、丁寧に清掃されたのか今は一滴の血の跡すら見つからず、透明な鳥かごのように静かにそこに鎮座していた。

そして振り向くとそこには一頭の大きな獣の姿があった。たなびく白銀の毛皮と地を踏みしめるしなやかな四肢、戦旗のごとく風に揺れる豊かな尾。そしていつもと同じ獣の青い目が僕を見ている。エドガー様が姿を変えたのだ。僕はブラシと小瓶を取り出しながら彼のもとへと歩み寄り、そして背中を撫《な》でて座ってくださいとお願いした。

傍らに膝《ひざ》をつき、まずはその広い背中を中央からゆっくりと梳きながらその隙間《すきま》に香油を垂らす。硬い被毛を香油とブラシで解きほぐし、厚みのある頑丈な皮膚をマッサージするように何度もブラシを入れてゆく。体側へとじわじわと移動し、腰の上、お尻《しり》の方、端まで丹念にブラッシングをしていると、ときおりエドガー様が深く息を吐くのが聞こえる。そのたびに彼の体の力が抜けてゆき、リラックスしてもらえているのだと気づいて嬉《うれ》しくなる。

尻尾の付け根からその先へ、脚の付け根と脇腹《わきばら》、最後にお腹《なか》。たっぷりと時間をかけて全身を梳き終わる頃、彼が眠っているのに気がついた。じっと閉じられた目に呼吸が細く抜ける口元。静かな腹部の動き。……完全に眠っている。無防備に。まるでその心まで解《と》かしたような気がして、僕は思わず感動のままにそのお腹に顔を寄せ、もふもふとした彼の本来の毛並みの感触と野性的な獣の匂《にお》いをたっぷりと味わった。

「エドさんは可愛《かわい》らしいですね……」

そして、一人で満足げに笑いながらその横に寝転がって頭上を見上げる。生命の大樹の重なり合う葉、その合間に黄緑色の新芽が見えた。あちらにも、こちらにも。

僕はそのままエドガー様、いやエドさんの胸元に潜り込み、暖かな日差しの中で瞳を閉じた。香油の香りとエドさん自身の匂い。そしてなによりも柔らかで逞しい胸元と腕。次第に僕の意識はまどろみへと沈んでいき、二人で随分とのんびりしたお昼寝の時間を過ごしてしまった。

　ブラッシングの出来はなかなかのもので、男っぷりがあがったとライナスさんやリンデンさんからも褒められたほど。こうして僕とエドガー様の日課にブラッシングという項目が加わることになった。

＊　　＊　　＊

　そうしてあっという間に訪れる王宮公布の日。

　集まった民衆の数はもう視界に収まらないほどで、何万人いるのか分からない。まずは文官らしき獣人さんの挨拶《あいさつ》から始まり、次にリンデンさんから新たに施行されるいくつかの条例の話が始まる。彼らの声はどういう技術なのか、広場の周囲にぐるりと配置された柱からも同じように響いて全ての民衆の耳に届く。あの柱はスピーカーの役割を果たしているみたいだ。

　そして次にエドガー様が歩み出る。ざわついていた広場が途端に凍り付いたかのように静まり返る。『血染めの狼王』の登場に全ての民は畏怖《いふ》を感じたのだろうが、エドガー様がゆっくりと言葉を発し始めると、民が今度は動揺するような反応を見せた。

今日ここに集まってくれたことへの礼と、日々この国の民としてよく働いてくれていることへのねぎらいの言葉。全ての人々の意志をこの地に紡ぎ、生命の大樹と共に幾久しく生きてゆこうと短い演説を締めると、今度は一気に沸騰したかのように民たちは歓声を上げた。

伝わったのだろう、そして気づいてくれたのだろう。ここにいるのが闇《やみ》に呑まれかけていた過去の狂狼ではなく、この国の行く末を託せる猛《たけ》き神狼だと。

そしてそれに続くように発表されたのはバイス君の件だった。革命時に処刑されず墓の存在も明かされていない王弟は、実は生きているのではないか、という噂《うわさ》はかねてより国民の間にはあったそうだ。だが長年に亘《わた》って昏睡《こんすい》状態であったということが初めて公式に発表され、そしてその彼が目覚めたのだと伝えられると民衆はざわつく。なにせエドガー様とバイス君は革命時に王位を争った二陣営の総大将同士だ、バイス君にその気がなかったとしても、実質的にはそうなる。

生きていたにしろその扱いは今後どうなるのだと民たちが固唾《かたず》を呑んで見守る中、バイス君が杖をつきながら城のバルコニーの上に姿を現した。ゆっくりと一歩一歩、杖に頼りながらも凜《りん》と背筋を伸ばして真《ま》っ直《す》ぐに民を見つめて歩く姿、その表情は眠っていた頃とはまるで違った。あどけなく哀れな少年に見えていたあの子が今は凜々《りり》しい若武者のような顔つきで立つ。

風になびく白銀の髪と狼の耳。身にまとう衣装はエドガー様とほとんど同じ装飾で色違い。ああ、と民は声を上げる。王と同格に近い出《い》で立《た》ちを許されているということは、今の二人は完全に兄弟として絆《きずな》を取り戻した状態なのだということ。もはや敵同士などではなく、共に王族として支え合ってゆくのだとはっきりと示され、再び歓声が上がった。

かつての血みどろの革命などもう二度とごめんだと誰もが思っていたのだろう。

深く美しい一礼をして下がろうとするバイス君のもとへエドガー様が歩み寄り、その肩を抱いて支える。その寄り添う二つの背中に民衆は惜しみない拍手を送り続けた。

そして最後に発表されたのは僕の件だった。

この国に古くよりある伝承、その『神狼』として国王エドガーはこの世に唯一無二の姿で生まれてきた。そしてその片割れとなるべき『豊穣の御子』がついに、この国を訪れたという発表がなされると、再び民は静まり返る。本当なのかと誰もが耳を疑っている。

さあ、とリコリスさんとリンデンさんが僕の背を押す。バルコニーの端に立つライナスさん、その隣のリアンさんが僕を勇気づけるように笑む。エドガー様が僕の手を取ってくれる。僕はその手の力強さと温かさに導かれるように一歩を踏み出した。

いつもの新緑の色の衣装に加え、長いローブを羽織り、頭には精緻《せいち》なレースが揺れるベールがかけられている。緊張で息が止まりそうだけれど、隣に彼がいてくれる。怖くはない。

日差しの中へと歩み始める僕らを迎えるのはまばらな拍手とざわめき。だが次第にそれは増え、響き合い、大きくうねり、万雷となって広場を埋める拍手と歓声に変わっていく。

それは、僕が『豊穣の御子』としてこの国の人たちに認められた瞬間だった。

十二章

城の中でもときどき見かけるライナスさんとリアンさんの言い争い。すでに周囲にも毎度おなじみの痴話喧嘩《ちわげんか》として認識されているそれだが、今日はいつもと雰囲気が違った。いつもはライナスさんの絡みにリアンさんが抵抗して、ライナスさんがにやにやと笑いながらさらに構いに行くのが恒例であるのだが、今は互いに真面目《まじめ》な顔で問答をしている。王宮の広間の片隅、多少声を荒らげているのはリアンさん、ライナスさんはそれをなだめているように見える。

首を突っ込んでもいいのか少し迷ったが、どうかしたのかと声をかけると何でもねぇよとライナスさんは僕の頭をぽんぽんとタッチした。そしてリアンさんにも同じように頭ポンポン。良い子で留守番してくれというようなことを、念を押すように言いながら去っていった。

納得がいっていないという顔で残されたリアンさんに訳を尋ねるが、リアンさんも僕を見て何か少し考え込む様子で言葉を濁す。

「コウキ様のお耳に入れるほどのことではありません」

「でも」

「お気になさらないでください。本当に」

明らかに話題を流されてしまった。

何だったんでしょうねと一緒に歩いていたリコリスさんに問うと、リコリスさんもまた一瞬だけ言葉に迷う素振りを見せた。普段は発言に淀《よど》みのない人だ、少し珍しい反応だと思ったが、内容を聞いてそういうことかと納得がいった。

「明後日《あさって》からの視察の件でしょう」

「視察、ライナスさんのお仕事ですか？」

「はい、騎士団の任務になります。神聖王国ロマネーシャ領に今後の管理体制を敷くための情報収集ですね。今回は将軍のライナス様だけでなく国王エドガー様自らが神聖王国の王都にまで赴く長期の視察になります。ライナス様はいつも連れ回しているリアン様を今回は同行させる気がないご様子。それにリアン様は異を唱えていらしたのでしょう」

ロマネーシャと思わずその名をこぼす。僕にとってもリアンさんにとっても因縁の地と言っていい。未《いま》だにかつての日々を思い出すと背筋が縮こまるような恐怖に襲われる。ライナスさんが留守番をしていろと言うのも当然だ。リアンさんがあの地を見て思い出すことなど心身に深く刻まれた苦痛と屈辱だけなのだろうから。

一方のリアンさんは勇気をもって学ぼうとしているのだろう。奴隷生活を抜け出して、このバルデュロイという国を見て彼の世界は色鮮やかに広がった。だからこそ、その広まった見識で今一度あのロマネーシャがどんな場所だったのかを確かめたいと思っているのかもしれない。この世界をもっと知りたい。その美しさも、目をそむけたくなるような醜い部分も。ライナスさんと共に歩むために、彼と同じ世界を自分も知りたいと考えているのだろう。聡明《そうめい》で強い人だと改めて感心する。

「エドガー様も行くのですか」

「ええ、これまで外交もほぼリンデンに任せきりで戦地へ向かう以外で自領を離れることはあまりありませんでしたから、久方ぶりの外訪公務ということになりますね。……エドガー様を心配していらっしゃるのですか？」

「ライナスさんも他の騎士の方もついているのですから滅多なことはないと分かってはいるのですが……。ロマネーシャの住人はバルデュロイの王を良く思ってはいないでしょう、恐らく侵略者だと思われています。その身に危険が及ぶこともあり得るんじゃないですか？」

「王自身、腕の立つ方です。ご心配なさらずとも大丈夫ですよ」

「……僕もついていってはいけませんか」

「それは、私の一存ではなんとも……。ですが、王が許可されるとは思えません」

にこりとリコリスさんは笑む。だが返答は拒否の色。口調は断定的で揺るぎない。

「その理由はご自身でお分かりですよね？」

無論だ。僕はあの国の聖女だったのだ、国のために祈り、恵みをもたらし、富国強兵の礎《いしずえ》たる救国の要《かなめ》。だがその役目を果たせなかった。無能な聖女。侵略国バルデュロイに保護されてのん気に暮らしているなどということが知れれば、良くて裏切り者、悪ければ売国奴と思われてもおかしくはない。

「あの場所で得るものなどありません。つらい記憶が呼び覚まされるだけ、危険な目に遭うだけ。ゆえに行く必要などありませんし、私はコウキ様にそんな思いをさせたくないのです。あなたに仕える者として。どうか分かってくださいませ、御子《みこ》様」

静けさの中に強い光を宿すリコリスさんの表情は強く僕を諫《いさ》める。この深紅の麗人を言いくるめる言葉が見つからず、僕は小さく頷《うなず》いてしまった。


夜、エドガー様が僕の部屋まで迎えに来てくれた。以前は呼び出しがあってから僕がエドガー様の寝室を訪問していたのだが、最近は人を介さずに彼自身が僕を誘いに来てくださり、抱き上げて寝室まで連れていってくれる。そうして城内を運ばれるのは少し恥ずかしいが、嬉《うれ》しい。

一夜の触れ合いが終わる頃、エドガー様は僕の首筋に鼻先を埋《うず》めながら何かを呟《つぶや》く。恐らく独り言だったのだろうが聞こえてしまった。

「名残《なごり》惜しいな」

「……明後日からのロマネーシャ訪問の件ですか？」

「なぜ知っている」

「しばらく戻られないのですよね。……僕も寂しいです」

柔らかな毛並みの体に全身を使ってたっぷりと触れる。しばらく触れられなくなるこの感触を、この人が傍《そば》にいるということを今のうちに味わっておきたかった。

「誰から聞いた」

やはりエドガー様はこの件を僕に黙っておくつもりだったのだろう。情報源はリコリスさんだが、リコリスさんは僕のお付きの人として僕の質問に正直に答えてくれたのだ、余計なことをしゃべった人にはしたくなかったので名前は出さないでおく。

「風の噂《うわさ》で。ご無事に戻ってくださいね」

「心配するな、すでに平定した地域を見るだけだ。すぐに帰ってくる」

「リアンさんがライナスさんに連れていって欲しいと頼んでいました。あの、あまり危険な旅でないのなら同行させてあげては……」

「我としては構わんが」

「そうですか、じゃあライナスさんにリアンさんの同行はエドガー様が許可してくださったと伝えてもいいですか？」

うむ、と頷く。別に支障はないだろうという顔をしている。

「ありがとうございます、ついでに僕もいいですか？」

「う……む⁉」

「ありがとうございます！」

「いや待て、お前は駄目だ！」

「……あの、杖《つえ》をついた歩みの遅い僕はやはりご迷惑ですか」

「馬車で回るだけだ、歩けるかどうかは問題ではない、そうではなくてな⁉」

「良かった！　お邪魔にならないのですね、僕のことは馬車のどこか端っこにでも詰めて乗せてくだされば十分ですから」

「コウキ、お前に何かあったら我は……！」

「さっき危険ではないとおっしゃったではありませんか」

「万が一ということはあるだろう。頼む、城で待っていてくれ」

いつもはピンと立って前を向いているエドガー様の耳がへたりとわずかに力をなくす。どうにかして僕をなだめようとしているのか、その手が戸惑うように僕の背や後頭部を撫《な》で回《まわ》す。僕はそれに対してじっと視線を返す。真剣に、真っ直《す》ぐに。そして伝える。リアンさんの学ぶ心に感心したことを。そして自分もそうでありたいと思っていることを。

「本当なら誰より僕が見なければいけないんです」

「……御子として、か」

「そうです。世界を、愛したい。そのために知りたい。良《い》い部分も悪い部分も全《すべ》て知って受け止めたい。元の世界と過去、そして今と。全てを大事にしたいという僕のわがままをあなたは聞いてくださった。僕もこの世界の清濁を併せて愛したい。あなたが生まれて生きた世界を分かりたい。あなたがこれから目の当たりにする世界を、横で一緒に見ていきたい」

「コウキ、その覚悟は……」

「ええ、つらいこともあると分かっています。それでも僕は……。僕は本心ではまだ自分が『豊穣《ほうじょう》の御子』という存在であると思えていないのでしょう。だから、ちゃんと御子でありたい。神狼《しんろう》の……あなたの横に並べる存在になっていきたい。そのためにお願いしているんです」

エドガー様は黙りこむ。だがその瞳《ひとみ》には拒否の色はない。僕の想《おも》いを汲《く》んでくださったのか、迷っている。

「騎士団のお仕事の邪魔にならないようにします、荷物のついでに僕も馬車に積み込んでくださるだけでいいんです」

どうかと頭を下げると、しばらくしてエドガー様は折れた。分かった、とため息交じりに呟いた。

「……許可する。ただしくれぐれも勝手な行動は慎んでくれ。我の傍を離れるな、我が隣にいられぬ時には護衛を付ける、必ず指示に従うように。……母の二の舞いにだけはならないでくれ」

そう語る表情はどこか悲しげで、捨てられた幼子のように見えた。

＊　＊　＊

翌日、ロマネーシャ視察への同行許可をもらったと話すとリコリスさんは真顔になった。決して物見遊山《ものみゆさん》気分などではなく、御子として成長するために必要だと思ったからそうするのだと説明すると、表情が一瞬硬いものへと変化したが、「分かりました」と頷いてくれた。リコリスさんも一緒に来てくれるつもりなのだろう、さっそく旅支度を始めている。

馬車での旅路はライナスさんに導かれて初めてバルデュロイに来た時のことを思い出させた。四方全てを緑に囲まれた道、森のトンネルを抜けるように進む。馬車の中にはエドガー様とリコリスさん、そしてシモンさん。エドガー様はいつもの国王としての装いの上に外套《がいとう》を羽織っている。リコリスさんはいつも通りのメイド服姿。僕は一見して『豊穣の御子』だと分からぬように変装している。見習い騎士が着るという騎士団の平服姿だ。騎士団の軽装の鎧（よろい）を着こなすシモンさんと並んでいれば雑用係の新人騎士に見えるだろうか？　杖をついているので無理があるような気もする。

僕の恰好《かっこう》を見てシモンさんはきりりとした騎士の表情をわずかに崩して少し笑んでいた。彼も新人だった頃はこの恰好をしていたのだろう、懐かしく思ったのかもしれない。

「こちらに来る時は馬車の中であの糖蜜《とうみつ》のパイをいただいたんです、なんだか懐かしく感じますね」

「あれは美味《うま》いが、我はお前が作ったものがまた食べたい」

「そう言っていただけると嬉しいです。今度は違うお菓子も作ってみましょうか」

「ああ、楽しみにしている。お前が作ったものなら何でもいい」

腰に手を回される。目の前、至近距離にリコリスさんとどことなく視線をそらすシモンさんがいるのでさすがに恥ずかしい。僕は話題を変えようと試みる。

「そ、そういえばライナスさんたちは」

「二時間ほど前に別の馬車で先行した。リアンも連れていったようだぞ」

「そうだったんですね、よかったです」

旅路は平穏だった。窓の外を見上げる。流れる緑色以外何も見えないが、落ち着く色だった。

景色はやがて緑色から土の色に変わる。森を抜け、まばらに木が生える丘を越えるとその向こうは枯れ果てた茶色が広がっていた。荒涼とした景色がどこまでも……。ロマネーシャに召喚されてからは城の中の窓のない部屋に閉じ込められていた。脱出した後はリアンさんに背負われ助けられながら必死に逃げるばかりで周りを見る余裕などなかった。僕は自分がいた神聖王国ロマネーシャの景色をほとんど知らない。改めて眺めるこの国はやはり荒廃しているとしか言いようがない。

今通っている街道も以前は石畳が敷かれていたのだろうが、戦乱の中で荒らされたのかあちこちの舗装が砕け、旅人に行き先を示していたのであろう看板も倒れたまま。遠く広がる茶色の草原のように見えるのも、もともとは麦か何かの畑だったのだろう。だがそこには枯れ草しかない。立ち並ぶ風車がぼんやりと佇《たたず》み、風さえ死んでいた。このあり様を前に僕らはじっと黙り込む。

やがて馬車は町場に差し掛かる。町に人の姿はないように見えたが、よく見れば倒壊しかけている家の中のあちらこちらに人が潜んでいる。家財のないがらんどうの民家、壁に隠れてこちらを窺《うかが》う痩《や》せこけた老人と裸足《はだし》の子供。一瞬、目が合った気がした。馬車は過ぎ去る。どの家もドアが開け放たれているのは、ほとんど壊されているからだ。

「……略奪の痕跡《こんせき》なのでしょうか」

いいえ、とシモンさんが毅然《きぜん》とした声を上げる。

「我らバルデュロイの軍の行いではありません！　王はそのような命令は決してなさらない。将軍も部下にこのような行為を許しはしません。これはロマネーシャ国軍です、撤退時に物資を求めてか民家を漁《あさ》っていたという報告を聞いています」

「国の兵隊が、自分の国の民の家を荒らして使えそうなものを強奪したんですか……⁉」

景色を睨《にら》んだままのエドガー様が吐き捨てるように言葉をこぼす。

「逃げるにも食料なりなんなりが要る。現地調達したのだろう」

そんなことをしたら残された国民はどうなるか。知ったことではないと敗走中のロマネーシャの軍部はその存在意義も誇りも捨てたのだろう。道の途中に水を汲んだ桶《おけ》を抱えて歩く男がいた。男は馬車を見るとひっと怯《おび》えたような声を上げて路地裏へと逃げた。

エドガー様は窓の外を流れる街並みに向かってため息をついて、わずかに鼻先に皺《しわ》を寄せる。

「民間人に向けては何度か支援物資を送ったのだが、行き渡っているようには見えんな」

「バルデュロイはロマネーシャの民を助けようとしているのですか？」

「剣を持たぬ市井の人間まで敵とは見なさん。しかし我が国も他に比べれば豊かとはいえ潤沢な余裕があるわけでもない、国内をないがしろには出来ん。支援を増やすにしても来年度以降だな」

この世界にも四季がある。このままロマネーシャは冬を迎えてしまうのか。心苦しくはあったが、思い出されるのはバルデュロイ国内の孤児院の経営状態。自分の国の子供たちに最低限といった程度の暮らししか与えてやれないのに、国外にまで無尽蔵に物資をばらまいてはいられない。本来ロマネーシャの民はロマネーシャが救うべきなのだ。

「支援物資の配分とかそういうのは僕にはよく分からないんですけれど、良いバランスをとるのは難しいのでしょうね。ですがエドガー様がそうやってこの国の民にもお心を砕いてくださっていること、きっと皆に伝わりますよ」

「これまでは部下に任せてばかりだった。お前が来てくれてからだ、国外の民にまで目を向ける心の余裕が出来たのは。お前は世界を知りたいと言ったが、我もだ。共に学んでゆこう」

互いに頷き、静かに微笑《ほほえ》み合う。枯れた街路樹の列。車輪が落ち葉を巻き上げてゆく。

馬車は広場にある大きな二階建てのレンガ造りの建物の前で止まる。恐らくかつては役所か何か公共の建築物だったのだろう。そこにはすでに数台の馬車が止まっていて、建物の入り口には馬車についているものと同じ緑色の旗が掲げられていた。この建物を接収して、このあたりの地域を管理する拠点として使っているのだろう。建物の庭には鹵獲《ろかく》したらしき武器、投石機や弩弓《どきゅう》などが並んでいて見張りの騎士が立っている。

ライナスさんたちも中にいるのだろうかと思いながら馬車の窓から少し顔を出す。広場の向こうにはかつて僕が閉じ込められた城がそびえている。あちこちが砕けた城壁。……見上げて、少し怖くなった。

馬車が到着すると迎えの騎士がずらりと並び、まずはシモンさんが馬車を降り立ち、その出迎えの列に自らも並ぶ。そしてエドガー様がその前に降り立つ。続いて僕がその手に導かれながら馬車の踏み板をゆっくりと下り、地面に片足をつけたその時。背後でリコリスさんが鋭く声を上げた。

「お待ちください御子様っ‼」

何事かと僕が振り返るのと同時にぶわりと衣服が風に煽《あお》られはためく音を立てた。突風が、いや、自然に吹き付ける風ではなく異様な気配をまとって逆巻く風が一瞬で足元から僕を包み、呑《の》み込《こ》む。正面からエドガー様が僕の名を呼びながら強く手を引いた。背後からはリコリスさんがとっさに僕の上着のすそを摑《つか》んだのが分かった。

だが僕の体はその二本の腕を強引に振り切るように、落ちた。

＊　＊　＊

落下の浮遊感と頭を揺らす気持ち悪さ。何が起きたのかも分からぬまま僕はその場にへたり込む。風がやみ、とっさに顔を上げた先に広がる視界は窓のない石造りの建物内。妙にかび臭い空気。蠟燭《ろうそく》の明かりだけが揺らめく暗い古びた教会のような場所だった。

目の前には何かの儀式に使うような豪奢《ごうしゃ》な装飾の短い杖と聖杯のようなものを掲げる薄汚れたローブ姿の老人がいた。人間だ。老人は僕と目が合うと、白い眉根《まゆね》の下の両目を見開き、大きく口を開けて笑った。

「ふふっ、ははははぁ！　帰ったぞ、取り戻した！　我らが聖女、取り戻したり!!」

その突然の哄笑《こうしょう》に思わず僕は身をすくめる。そして周囲の視線に気がつく。周囲にぐるりと人間が。何十人も。老若男女、皆がみすぼらしい恰好でぎらついた目で僕を見る。ロマネーシャの民なのか。ここはどこなのだ、何が起きている!?

「お久しゅうございます、聖女様」

目の前のローブの老人はにたりと笑む。そう言われて、その恰好を見て気がついた。この老人はロマネーシャの中枢にいたであろう神官か何かだ。顔を覚えているわけではなかったがこの雰囲気は間違いなくあいつらの一員だと確信し、恐怖で言葉が出なくなる。

僕は見知らぬ場所に移動させられていた、馬車を降りた瞬間に何らかの方法でここに転移させられたのだ。

「一体どうしたのだというお顔をしておられる。簡単なことですよ、再びお戻りいただいただけです。聖女がロマネーシャの地を踏んだ時にこうなるように仕掛けておいたのです」

皺だらけの指先が地面を指さす。そこには炭か何かで黒い謎《なぞ》の魔方陣のようなものが描かれており、僕はその中央に座りこんでいるのだと気づく。元の世界から僕を強制的に召喚したように、今度はロマネーシャの地を踏んだらここへ転送されるようにトラップが仕掛けられていた、そういうことなのか⁉　あの時リコリスさんは罠《わな》の気配に気づいたのだ、だが僕はとっさに反応できなかった……！

「ここは地下聖堂、我々の隠れ家であり、あなたの新しい祈りの場ですぞ！　ああ、聖女よ、やはり自らの足でこの地に戻られた！　我々の救国の聖女！」

老人が僕を讃《たた》えるように朗々と声を上げると、生気のない顔をしていた周囲の民たちもわっと声を上げ、ある者は両手を上げて歓喜し、ある者は地に額を伏せて僥倖《ぎょうこう》に身を震わせている。

「救いたまえ、我らが王国を、尊き神聖王国ロマネーシャを‼」

おお、おお、と民衆の声が地から突き上がる。無数の暗い目が全て僕だけに注がれる。

戦慄《せんりつ》を覚えた。この場の誰一人、正気ではなかった。

「何を、言っているのですか、僕は、僕は……っ！」

「そうです、あなたは救国の聖女です！　さあ、役割を果たす時です、この地に再び栄光と繁栄を！　我々を貪《むさぼ》りにきた薄汚い獣どもを打ち払う光を与えたまえ!!」

違うと叫びたかった。だが鳥肌の立つ体の奥から出てくるのは情けない震えだけ。狂乱の渦中でただ怯えることしか出来ない。

いや、違うなどと言ってしまうのは駄目だ。この老人も周囲の民も未だ降伏を認めず、こうして地下に隠れ潜んでバルデュロイへの反撃の糸口を探していたのだ。それが僕、救国の聖女だった。そしてそれを計画通りに入手した。さあ反撃だ、聖女の祈りさえあれば道は開けると期待に目を輝かせている。

この状況で、自分にはそんな力はないしそんなことをする気はない、などと言えば怒り狂ったこの場の人間たちに最悪殺される。やりすごして時間を稼がなければ。きっとエドガー様たちが僕を捜してくれる、それまで祈るふりだけでもしていないと……！

怯えている場合ではないと自分に言い聞かせる。祈るふり、正しい作法など知らない。これでいいのか分からないが、聖堂の奥へと向かって両手を組んで冷たい床にひざまずき、それらしきポーズをとる。背中に突き刺さるように感じるのは痛いほどの視線。

もう何分そうしていただろうか。十分経《た》ったか。数十分経ったか。……何も起きない。そうだろう、ただそれらしき姿勢を取り続けているだけなのだから。

やがてぽつりぽつりと疑いの言葉が上がり始めた。あれは本当に救国の聖女なのか、から始まり、僕の黒髪と黒眼を不気味だと蔑《さげす》み、力の入らない痩《や》せ衰《おとろ》えた脚を指さして顔をしかめ、何も起きないではないかと忌々《いまいま》しげに呟く。その棘《とげ》のような言葉と反応のひとつひとつが胸に刺さる。

まずいと悟る。このままでは……、でもこれ以外に時間の稼ぎ方など分からない！　とにかく耐えるしかないと目を閉じる。真横で老人が苛立《いらだ》ちながら声を荒らげる。聖女、聖女よ、それでもお前は救国の名を背負う者なのかと。

ついには民衆から罵声《ばせい》が飛んできた。

「早くしろ、何をやっている‼」

「奇跡を見せてみろ、それがお前の役割だろうが！　それとも偽物なのか！」

「救いたまえ！　救いたまえ！」

「お前だけが最後の望みなんだよぉ、なのになんで何にも起きねぇんだ。いい加減にしろ！」

「だいたい獣人どもから侵略を受けたのもおかしいだろう、お前がいながら！　何が救国の聖女だ、何の役にも立ってねえじゃねえか！」

「お願いよぉ!!　わたしたちを助けてよぉ!!　なんとか言いなさいよぉ！」

「聖女来たりて国豊かに栄える、ああ、伝承は偽りであったのか？　祖国はただただ痩せ衰え枯れ果てるばかりじゃ……お終《しま》いじゃあ、もうお終いじゃあ!!」

四方八方から降り注ぎ続ける怨嗟《えんさ》の声に僕の頭の中は真っ白だった。怖くて、苦しくて、もう呼吸すらまともに出来なかった。怒りと絶望が身を切り裂くようだった。

そしてついに僕はもう駄目だと折れてしまう。

そんな僕の後頭部にぼすんと何かが当たった。投げられてぶつかったのは煤《すす》まみれの布の人形だった。足元に転がったそれを僕は茫然《ぼうぜん》と見つめ、それから背後を振り返る。そこには両目からぼたぼたと涙を落とす幼い少女がいた。

「……聖女さまなんでしょ。ねえ、……えして、返して、あたしのパパとママを返して、聖女さまがちゃんとお祈りしなかったからあたしたち負けちゃったんでしょ!?　ぜんぶ聖女さまのせいなんでしょう!?」

僕は言葉を発することが出来ない。そうじゃない、と「僕は悪くない」と言うことが出来なかった。そして少女の呪詛《じゅそ》にも似た言葉は再び紡がれる。

「なんでパパとママが死ななきゃいけなかったの!?　聖女さまが祈ってくれてれば平和になるはずだって……！　それなのに、それなのに……!!　どうして!?　どうしてなのよ!?

そんな、そんなやくたたずな聖女さまなんて死んじゃえばいいのにっっっっ!!」

甲高く泣きわめく声があたりに反響した。それは体の内と外から、大きく僕を揺さぶった。

全部、僕のせい?

そうか全部僕のせいなのか……。

偽物であればまだ良かったのだ。だけど、僕は本物の聖女だった。僕の絶望でこの地は枯れた。

結果バルデュロイの侵攻を許し、戦乱の中で多くの死者が出た。この子の両親も戦火に消えたのだろう。周囲に満ちる怨嗟。彼らが普通に暮らせなくなったのも全部、全部、僕のせい……。


「ごめん、ね」


なんとか紡いだ言葉と共に涙が落ちた。かつてあの人と向かい合いながら流した温かい涙とは違う、冷え切った雫《しずく》が床を叩《たた》く。ぽたぽたと、満ちる。胸の中に痛みと罪が満ちて両目から溢《あふ》れ出る。償わねばとそれだけが頭に浮かぶ。

それと同時に周囲の壁がぱらぱらと破片を落とし始めた。地が鳴動していた。大地が深

く深くからかすかに揺るがされていた。民衆はどよめき、何だと動揺を顔に出す。

次の瞬間、地下聖堂の壁を突き砕いてのたうつ大蛇のように現れたのは巨大な木の根だった。あちらからもこちらからも、根が、枝葉が、花が溢れて狂い咲く。民は悲鳴を上げて逃げ惑っていた。我先にと地上へ繋《つな》がる梯子《はしご》に群がっていく。ローブ姿の老人はひっくり返ってわなないている。

そんな民衆たちの様子などお構いなしに、あたりには次々と狂ったように植物が姿を現していた。

僕にはそれを止めることなど出来なかった。だって、これは僕が引き起こしたことなのだから……。

そう、これは僕の償い。

僕の『絶望《いのり》』に応《こた》えて世界に贖罪《しょくざい》の緑が満ちていく。

……to be Continued.

『白銀《はくぎん》の王と黒き御子《みこ》　異世界で僕は愛を知る』、いかがでしたか？
茶柱《ちゃばしら》一号《いちごう》先生、イラストの古藤嗣己《ことうしき》先生への、みなさまのお便りをお待ちしております。

茶柱一号先生のファンレターのあて先
〒112-8001　東京都文京区音羽2-12-21　講談社　講談社文庫出版部「茶柱一号先生」係

古藤嗣己先生のファンレターのあて先
〒112-8001　東京都文京区音羽2-12-21　講談社　講談社文庫出版部「古藤嗣己先生」係

N.D.C.913　287p　15cm

茶柱一号（ちゃばしらいちごう）
山口県出身・在住。5月8日生まれ。
昼間は白衣を着る仕事をしながら夜な夜な小説を書く生活。
趣味は愛犬（ゴールデンレトリバーの♀）を吸うこと。
代表作は『愛を与える獣達』『恋に焦がれる獣達』シリーズ。
Twitter : @Gachitan

講談社X文庫

KODANSHA

white heart

白銀《はくぎん》の王《おう》と黒《くろ》き御子《みこ》
異世界《いせかい》で僕《ぼく》は愛《あい》を知《し》る

茶柱一号《ちゃばしらいちごう》

●

2022年7月5日　第1刷発行

定価はカバーに表示してあります。

発行者——鈴木章一
発行所——株式会社 講談社
東京都文京区音羽2-12-21 〒112-8001
電話 編集 03-5395-3510
販売 03-5395-5817
業務 03-5395-3615

本文印刷—株式会社ＫＰＳプロダクツ
製本———株式会社国宝社
カバー印刷—半七写真印刷工業株式会社
本文データ制作—講談社デジタル製作
デザイン—山口　馨

ISBN978-4-06-528037-9